조금 아프지만

교사입니다

모진영 지음

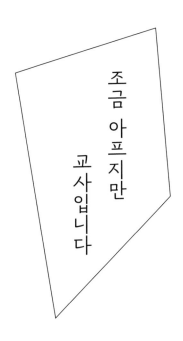

조금 아프지만

교사입니다

정미소

2016년 어느 봄날 언제가 될지 모르겠지만 죽기 전에는 반드시 책을 써 봐야겠다는 생각이 불현듯 들었다. 그때부터 만나게 되는 사람들에게 "나 언젠간 꼭 책 낼 거야"라고 말하곤 했다. 악에 가득 차 있어서 조금만 찔러도 분노와 눈물이 터질 것 같았던 그때, 어쩌면 책을 내겠다고 말함으로써 삶을 이어갈 수 있는 명목을 마련하기 위함은 아니었을까, 라는 생각을 지금 해 본다. 하지만, 책을 쓸 거라는 말만 해왔을 뿐 막상 2016년 한 해 동안은 아무것도 할 수가 없었다. 신생아 때 고열로 인해 뇌성마비로 장애가 생긴 것도 살면서 많이 힘들었는데, 이제 조금 남들처럼 살아볼 수 있나 생각이 들 때쯤 희귀 난치병인 다발성경화증이 찾아오면서 더 이상 나에게 닥쳐온 현실을 스스로 수용할 수 없었다. 매일 아침에 잠에서 깨면 답답함만이 감돌았고 이내 눈물이 터지기를 반복해 왔던 해였다.

그러다 시간이 흘러 중학교 교사가 되었는데, 2023년 가을쯤 같은 교무실에 있는 선생님이 나한테 문득 "모진영쌤 글 쓰는 거 좋아해? 그럼 선생님 이야기를 글로 써보는 건 어때?"라는 말을 했다. 그 말을 듣는 순간 2016년의 내가 "나 언젠간 꼭 책 낼 거야"라고 말해왔던 게 생각났고, 이제는 그 말에 책임질 때가 온 것 같다는 생각이 들었다.

처음엔 어떻게 글을 써야 좋을지 혼란스러웠지만, 시작이 반이라는 말을 되뇌며 글을 써 내려갔다. 글을 쓰면 쓸수록 내 어린 시절부터 다발성경화증을 확진 받은 이후까지를 떠올릴 때마다 마음이 쓰라리다 못해 짓이겨졌다. 하지만 더 이상 힘없고 말 못하는 어린 진영이가 아니기에 어른 진영이가 어린 진영이의 쓰라리고 짓이겨진 그 마음을 토닥여주며 글을 써 내려갔다.

이 책은 여태까지 살아온 날들에 대한 꾸밈없는 고백이자, 앞으로 삶을 살아가면서도 지나간 시간을 잊지 말자는 약속이라 할 수 있을 것 같다. 어릴 때와 이십 대까지는 선천적 장애를 스스로 부정하고 부끄러워했고 원망의 대상도 없이 그저 끊임없이 원망만 했다. 살면서 단 한 번도 불편하지 않은 몸으로 살아본 적이 없어서 그런 몸으로 살아보는 건 어떤 느낌일지 지금도 가끔 궁금할 때가 있지만, 이젠 궁금하긴 해도 원망은 하지 않는다. 27살에 희귀 난치병을 진단받고 세상의 모든 어둠은 전부 나에게만 밀려오는 것 같았다. 한 줄기의 빛도 나에겐 허락되지 않는 거라는 생각에 사로잡혀 있었는데, 어느 순간 스스로 어둠을 걷어야 나에게 빛이 비친다는 것을 깨닫게 되었다. 그때부터 삶을 다시 살아가고 있다고 해도 과언은 아닌 것 같다.

왜 나만 이렇게 힘든 건가, 왜 나는 아무것도 되지 않는 거냐는 생각에 사로잡혀 있는 분들이 혹시 있다면 그분들에게 "단 5분이라도 불편하지 않은 삶을 사는 게 어떤 느낌인지 느껴보고 싶습니다. 저는 그런 당신이 너무 부럽습니다"라고 말하고 싶다. 부러움은 상대적이기에 각자 다르게 받아들여지지만, 어떤 한 사람은 당신이 생각하고 누리는 당연한 것들을 차마 바라볼 수 없을지도 모른다. 물론 나의 삶 또한 어떤 누군가에게는 선망의 대상이 될지도 모르겠다. 그래서 나는 언젠가부터 어제도 내일도 아닌 오늘, 지금, 여기, 그리고 이 순간 존재한다는 것 그 자체가 참 좋아졌다.

이제 어둠을 걷어내고 한 걸음 내디뎌 본다.

차례

2부 • 율무차 & 코코아

3부 • 5년

4부 • 그리고 또 5년

1부

Why?

왜?
도대체 나한테 왜?

암흑

머릿속을 사정없이 칼로 도려내는 듯한 통증이었다. 뇌수막염을 어렸을 때 겪어 본 나로서는 그 이상의 두통은 잘 느껴보지 못했는데, 이건 그것과 비교할 수 있는 아픔이 아니었다. 그런데 미련한 건지 그 통증에서 이기려고 했던 건지, 그저 혼자 아무런 수단 없이 참았다. 그 와중에도 논문 심사 발표용 PPT를 만들고 있었다.

며칠 뒤 아침에 눈을 떴는데, 이틀 전 조금 뿌옇긴 했지만 잘 보였던 오른쪽 눈이 이젠 아무것도 보이지 않게 되었다. 멀쩡히 잘 보이던 눈이 이틀 만에 아무것도, 빛도 보이지 않을 수 있는가…. 그저 암흑이었다. 보이는 다른 한쪽 눈을 의지하며 병원에 가려고 했는데, 그날따라 새벽부터 비가 심하게 내려 나갈 수 없었다. 11월 중순이었는데 내리는 비는 늦가을 비가 아니라 6월 장맛비 같았다. 다음 날 아침이 되어서 눈을 떴는데, 여전히 한쪽 눈은 암흑이었고, 며칠 전부터 느껴졌던 머릿속을 칼로 도려내는 통증은 계속되었다. 어차피 그날 오후 다섯 시에는 학교에서 졸업 논문 심사 발표가 있어 밖으로 나가야 했다. 아침 일찍 서둘러 옆 동네의 안과 병원에 갔다. 며칠 전, 처음 눈이 좀 이상한 느낌이 들었을 때 동네 안과 병원에서는 딱히 큰 이상이 없다는 말을 들었기 때문에 병원을 옮겨 본 것이다. 날씨도 계속 궂어 장맛비처럼 많은 비가 내렸다.

아침 아홉 시 반쯤 옆 동네 안과 병원으로 들어가서 증상을 차분히 말했고, 진료를 보던 의사 선생님은 진료 의뢰서를 써 줄 테니 무슨 일이 있어도 오늘 꼭 큰 병원으로 가라고 했다. 혼란스러웠다. '어떻게 해야 할지 모르겠어. 좀 이따 졸업 논문 심사 발표해야 하는데…. 복사집에 가서 발표용 PPT를 인쇄하고 테이핑도 해야 하는데…. 그런데 병원에서는 오늘 꼭 큰 병원에 가라고 했잖아. 큰 병원 어디로 가야 하지? 오늘 논문 발표 못 하면 나는 대학원 졸업 못 하는데…. 이번에 졸업 안 되면 논문을 새로 다시 써야 하는데.' 우산을 쓰고 길을 걸어가는 중 이런 생각들이 뒤섞여서 눈물이 맺혔다.

그러다 우산을 들고 있을 힘도 급속히 사라져서 우산이 길에 내팽개쳐졌다. 쏟아지는 비를 맞으며 하염없이 엉엉 울었다. 너무 무섭고 혼란스러워서 내가 서 있는 인도 바로 앞 6차선 도로에서 쌩쌩 달리는 차 소리에 나의 울음소리를 묻으며 정신을 잃기 직전까지 하염없이 비를 맞고 엉엉 울었다. 2015년 11월 16일의 일이었다.

무의식적으로
발길이 닿은 그곳

안과에서 받은 진료의뢰서를 가지고 무작정 향한 곳은 병원이 아니라 그날 논문 발표를 해야 할 내 학교, 경북대학교였다. 학교로 가는 지하철 안에서 보이는 왼쪽 눈으로 안과에서 받아왔던 진료의뢰서의 의학용어를 억지로 한 자씩 읽어 내려갔다. 영어로 적혀 있는 의학용어를 스마트폰으로 검색하니 '급성'과 '시신경'이었다. 무슨 말인지 가늠도 안 되었고, 지하철 안에서도 버스 안에서도 그저 눈물만 계속 흘렀다.

지하철에서 내려서 버스로 환승하고 학교로 가는 길에 엄마한테 전화가 왔다. 너무 많이 울어서 목소리가 좋지 않아 바로 받지 않고 목소리를 가다듬었다. 전화를 받았을 때는 엄마의 물음에 아주 태연할 수 있었다.

나: 여보세요.

엄마: 병원에서 뭐래?

나: 진료의뢰서 주면서 큰 병원 가보래.

엄마: 너 지금 어딘데?

나: 나 지금 학교 가고 있어. 오늘 논문 발표해야 해서.

엄마: 지금 논문 발표가 문제야? 너 대학원 학위 안 받아도 되니까 지금 당장 병원 가자.

나: 안 돼. 나 졸업해야 해.

엄마: 일단 전화 끊어봐.

엄마의 전화를 끊고 나는 학교에 도착했다. 학교 앞 복사집에서 논문 심사 발표용 PPT를 인쇄하고 테이핑하던 중 이번에는 아빠한테 전화가 왔다.

나: 여보세요.

아빠: 너 지도교수님 전화번호 지금 아빠한테 보내라.

나: 네.

아빠한테 다시 전화가 걸려 왔다.

나: 여보세요.

아빠: 아빠가 너 지도교수님이랑 방금 통화했는데 네가 지금 교수님한테 전화해 달라고 하시더라. 지금 전화해 봐.

나: 네.

나: 교수님 저 모진영입니다.

교수님: 몸이 그렇게 됐는데 논문 발표가 웬 말이야? 내가 지금 심사위원 교수님들한테 발표 미루자고 말할 테니까 오늘 학교 오지 말고 병원 가요. 알겠지?

나: 알겠습니다. 감사합니다.

교수님과 통화 후에 나는 다시 아빠한테 전화했다.

나: 지도교수님이랑 통화했는데 논문 발표 미뤄
        준다고 하셨어. 나 지금 병원 갈게.

아빠: 엄마도 지금 병원으로 간다니까…, 음… 병원
        어디로 가야 하냐…. 하…, 참…, 아이고…. 일
        단 네가 지금 학교에 있다고 했으니까 학교 병
        원으로 가 봐. 택시 타고 경북대학교 병원 응
        급실로 먼저 가서 네 상태를 말해. 엄마한테
        도 거기로 지금 가라고 할게.

나: 네.

아빠와 통화를 끝내고, 조금 전까지 테이핑하던 논문
발표용 ppt 인쇄물을 급하게 챙겨 경북대학교 병원 응급실
로 갔다. 응급실 문 앞에는 벌써 엄마가 기다리고 있었다.

응급실

경북대학교 병원 응급실 앞에서 엄마를 만났을 때 너무 겁이 나고 무서웠다. 응급실에서 의료진을 기다리는 동안에는 작게나마 희망을 품었다. '괜찮을 거야. 약만 조금 먹으면 눈 다시 보인다고 하겠지?' 응급실 의사에게 상태를 설명하자 의사는 지금 바로 안과 외래 진료를 볼 수 있도록 해 주겠다고 말했다.

안과 외래 진료실에서 진료받으며 오전에 안과 개인병원에서 받았던 진료의뢰서를 의사한테 보여주니, "이건 제가 봐서는 안 되고 안과 교수님이 보셔야 하는데, 지금 우리 병원에 이런 증상을 중점으로 보시는 안과 교수님이

해외 출장 중이셔서 안 계세요. 그러니까 빨리 근처 다른 대학병원에 이런 증상을 중점으로 보시는 안과 교수님께 가세요. 영남대학교 병원이든, 계명대학교 병원이든, 가톨릭대학교 병원이든…. 헛걸음할 수도 있으니까 먼저 전화해서 물어보고 가셔야 해요." 이 말을 들은 나는 그때부터 더 혼란스러웠다. '그렇게 심각한 건가….'

경북대학교 병원에서 나온 뒤 엄마는 아빠한테 전화를 걸었다.

엄마: 진영이 경북대학교 병원에 갔는데, 이쪽 전문
         으로 보는 의사가 지금 없어서 다른 병원으로
         가라는데…. 어떻게 할까? 영남대학교 병원으
         로 갈까?
아빠: 하…. 참…. 그래, 일단 전화해 보고 가야 하니
         까 진영이한테 영남대학교 병원 안과에 전화
         해 보라고 해.

영남대학교 병원에 전화를 걸었는데, 그날따라 전화 연

결이 되지 않았다. 병원 대표번호도, 응급실도, 안과도 전화를 받지 않았다. 시간은 점점 흘러갔고, 길에서 전화를 십수 번 다시 걸었는데도 연결이 되지 않아서 인근에 있는 또 다른 대학병원으로 전화를 걸었다. 다행히 전화 연결이 되어서 곧장 택시를 타고 엄마랑 같이 그곳으로 가게 되었다. 시간은 이미 오후 4시를 향해가고 있었다.

MRI

평일 오후 4시쯤이면 대학병원은 거의 진료를 마무리할 즈음인데, 나는 월요일 오후 4시를 조금 넘긴 시간에 다른 대학병원 응급실에 도착했다. 조금 전 경북대학교 병원 응급실에서 했던 상황이 똑같이 반복됐다. 응급실에서 안과 교수님 진료를 잡아주었고, 눈 검사와 관련된 여러 검사를 몇 시간에 걸쳐 진행했다. 오후 7시가 넘어섰을 즈음 안과 교수님의 소견을 듣게 되었는데, 눈에 이상이 있다기보다는 시신경에 이상이 있는 듯하여 뇌 MRI를 찍어봐야 확실히 알 수 있고, 뇌는 신경과 소견이기 때문에 신경과와 안과가 협진해서 진료하겠다는 말이었다.

뇌 MRI는 지금 예약 환자들이 있어서 오늘 중으로 찍기 힘들 것 같고 오늘 야간 자리는 하나 있긴 한데 야간은 검사 비용이 많이 들어서 오늘은 응급실에 입원해 있자고 병원측에서 말해 주었다. 엄마가 한시라도 빨리 검사를 받으면 좋은 거 아니냐고 묻자, 교수님은 빨리 검사받으면 좋긴 하다고 말했다. 그러자 엄마는 돈이 얼마든 들어도 괜찮으니 오늘 야간에 MRI를 찍게 해 달라고 해서 그날 밤 10시에 MRI를 찍게 되었다.

MRI 검사를 받기 전까지 몇 시간을 응급실에 누워있었는데, 밤이 깊어갈수록 응급실은 전쟁터와 같았다. 옆자리에서는 비명이 들려왔고, 앞에서는 피투성이인 사람이 실려와 발작하는 상황이었다. 모든 것이 두려웠다.

뇌 MRI 검사를 하고 다시 응급실에서 기다리고 있으니 신경과 의사가 와서 본인이 응급실에서 나의 주치의라고 소개하고는 지금 뇌척수액을 채취해서 검사해야 한다고 했다. 이 검사는 척추에 굵은 바늘을 꽂아놓고 한 시간 동안 가만히 있어야 했다. 뇌척수액을 채취한 후 바로 움직이면 하반신 마비가 올 수도 있다고 해서 꼼짝도 하지 못한 채로 다시 6시간 동안 가만히 누워있었다. 그렇게 뜬 눈으로 밤을 새우고 다음 날이 되었다.

다발성경화증? 시신경척수염?
그게 뭔데!

　다음 날 새벽이 되기 전, 신경과 주치의는 부모님을 불러서 MRI 검사 결과를 설명해 주는 것 같았다. 나는 그때까지 뇌척수액 채취 후 6시간이 지나지 않아 꼼짝달싹 못하고 가만히 누워있어야 해서, 부모님이 다시 오길 기다리고 있었다.

　부모님과 신경과 주치의가 내 자리로 같이 왔지만, 그때는 아무도 내 상태에 대해서 정확히 말해 주지 않았다. 그렇게 온종일 링거를 맞다가 늦은 오후에 신경과 주치의가 이번엔 척추 MRI를 찍어 봐야 한다고 했다. 나는 또 MRI를 찍으러 갔다 왔고, 그날 밤에도 응급실의 시끄럽고 정신없는 소리 때문에 잠들지 못했다.

응급실에 있게 된 지 3일째 되던 날, 위층 응급실로 자리를 옮겼다. 위층 응급실은 그나마 1층 응급실보다는 덜 시끄러우니 이곳으로 옮겼다가, 자리가 생기면 병실로 가면 된다고 주치의가 말해줬다.

신경과 전공의였던 내 담당 주치의는 하루에 몇 번씩 나에게 와서 본인의 손가락이 보이는지, 나의 안 보이는 눈을 확인했다. 그런데 입원한 지 3일째가 되어도 손가락처럼 보이는 긴 막대 같은 형상이 보이긴 했지만 그게 손가락인지 또 몇 개인지는 보이지 않았다. 그러다 그날 오후쯤 주치의는 나와 엄마에게 의미심장한 이야기를 하기 시작했다.

주치의: MRI 검사 결과 뇌에서 염증같이 동그랗고 하얀 반점이 여러 개 발견되었는데, 이번이 처음은 아닌 것으로 보입니다. 처음에 이 질환이 왔다 하더라도 경미하게 와서 환자 본인이 인지하기 어려웠을 것 같아요. 그런데, 이번에는 눈으로 왔기 때문에 환자가 바로 인지할 수 있

게 되어서 병원으로 온 것 같습니다. 보통 눈이 안 보이는 경우는 시신경염인데, 응급실에 있어 보면 일 년에 사오십 명 정도가 단순한 시신경염으로만 내원하는 경우는 있지만, 환자분 같은 경우는 단순한 시신경염이 아닙니다. 뇌 MRI에서 하얀 반점 같은 것들이 여러 개 있고 눈이 아예 보이지 않는 시신경염의 경우는 두 가지 질환을 의심할 수 있습니다.

첫째, 다발성경화증.
둘째, 시신경척수염.

분노

다발성경화증의 경우 국내에서는 거의 잘 나타나지 않는 희귀 난치병이고, 재발과 완화를 반복한다. 나의 경우 눈으로 왔지만, 만약 또 재발이 된다면 어디에 나타날지 예측하기 어렵다. 또다시 시신경으로 와서 안 보일 수도 있고, 운동신경으로 와서 못 걸을 수도 있고, 감각신경으로 와서 감각을 못 느낄 수도 있다.

아직 다발성경화증의 완치 약은 지구상에 없다. 병의 진행을 조금 늦추게 하는 약이 있는데, 제일 많이 쓰이는 약으로는 주사제로써 본인이 직접 일주일에 세 번씩 주사를 놓아야 하고, 평생 약제를 써야 한다.

시신경척수염의 경우 척추 MRI를 찍어 보고 피검사를 하게 되면 확실히 알 수 있는데, 2015년 당시 시신경척수염의 진단이 가능한 피검사 기관은 우리나라에서 서울삼성병원뿐이었다.

나의 주치의는 시신경척수염 검사를 위해서 삼성병원으로 나의 피를 보내도 되는지 우리에게 물었다. 검사 비용은 5만 원이라고 해서 엄마는 5만 원을 그 자리에서 바로 주치의한테 줬다.

의사의 말을 들은 후부터 계속 하염없이 눈물이 쏟아졌다. 온갖 감정들이 뒤섞여서 혼란스러웠고 그것이 눈물로밖에 나오지 않았다. 그렇게 한참을 응급실 침대에 앉아서 울다가 순간 너무 화가 났다. '다발성경화증? 그게 뭔데? 내가 왜!! 내가 여태까지 어떻게 살아왔는데…!!' 이런 감정들이 폭발해서 분노가 되었고, 그 분노는 나에게 다발성경화증이라고 말했던 주치의에게 표출되었다.

그날 저녁 2층 응급실 데스크에는 간호사들과 담당 주치의가 있었다. 나는 그곳으로 링거를 끌고 가서 주치의한테 다짜고짜 따졌다.

나:　　　선생님, 좀 전에 저한테 다발성경화증? 시신
　　　　경척수염? 이런 거 같다고 하셨죠?

주치의:　네. 아직 확진은 아니지만 의심은 돼요. 시신
　　　　경척수염은 내일 오전 중으로 삼성병원에서
　　　　결과 나오면 확실히 맞는지 아닌지 알 수 있
　　　　어요.

나:　　　그럼 만약에 시신경척수염이 아니라고 판정이
　　　　나면요? 그럼 저는 다발성경화증이에요?

주치의:　네. 그럴 확률이 높죠. 하지만 우리나라에서
　　　　다발성경화증을 가진 사람은 극히 드물어서
　　　　일단 내일 삼성병원 결과 나오는 걸 기다려봐
　　　　야죠.

나:　　　만약에 제가 다발성경화증이면요? 그럼 어떻
　　　　게 해요?

주치의:　그럼 일주일에 3번씩 자가 주사를 맞아야 해요.

나:　　　그거 맞아도 완치 안 된다면서요?

주치의:　네. 그래도 그걸 맞아야 재발의 진행을 늦출
　　　　수 있어요.

나:　　　재발의 진행을 조금 늦추는 거지, 그게 재발

이 안 오게 하는 건 아니잖아요?

주치의: 네. 그렇죠.

나: 그럼 그거 왜 맞아요? 아니 왜? 선생님 저 진
짜 너무너무 억울하거든요, 저 원래 장애가 있
어서 여태까지 진짜 힘들었거든요. 선생님도
제가 장애 있는 거 알잖아요. 저 여태까지 살
면서 정말 너무너무 힘들었고 이제 좀 괜찮아
지려나 했는데, 다발성경화증? 그게 뭐예요?
나한테 왜 그런 거예요? 아니라고 말해 주세
요. 다발성경화증? 시신경척수염? 저 그런 병
이 있는 줄도 몰랐고, 선생님한테 처음 들었어
요. 저 정말 그 두 개 중의 하나인 거예요?

주치의: 네…. 현재로서는 그게 크게 의심돼요…. 그래
도 치료 잘 받아야죠…. 아직 이렇게 울 때는
아니에요. 울지 마요….

나: 너무 억울해요….

조용한 응급실은 내 울음소리로 가득 찼고, 앞뒤 양옆
사람들의 눈길은 다 나를 향해있었지만, 그때의 나는 그

런 눈길이 전혀 신경 쓰이지 않았다. 그저 억울하고 미칠 것 같이 치밀어 오르는 화가 눈물로밖에 표출되지 않는 것이 답답할 뿐이었다. 주치의 선생님한테 다짜고짜 따지듯이 말하다가 엉엉 울면서 다시 내 자리로 돌아 갔고, 계속 소리 내서 엉엉 울었다. 그러다 울 힘도 없어서 어느 순간 아무것도 하지 않고 넋이 나간 사람처럼 멍하게 가만히 앉아있었다.

그날 밤 8시쯤 되어서 주치의가 한 번 더 찾아 왔다.

주치의: 이제 좀 괜찮아요?
나: 아니요…. (다시 눈물이 나기 시작했다.)
주치의: 울지 마요. 아직은 울 때가 아니에요…. 눈 보
        이는지 다시 확인해 볼게요.

주치의는 손으로 나의 보이는 한쪽 눈을 가려서 안 보이는 눈만 뜬 채로 주치의 손가락이 몇 개인지 말했는데, 손가락 하나는 맞췄지만, 서너 개씩 여러 손가락을 폈을 때는 맞추지 못했다. 그때 보이는 형상은 흑백 TV에 나오는 것처럼 보였다. 보이는 손가락은 회색으로 보였는데 손

가락 테두리는 굵은 검은색 선으로 보였다. 그게 전부였다. 다른 것은 다 검게 보였다. 아직도 나는 암흑이었다.

주치의: 그래도 처음보다는 나아졌으니까 좀 더 지켜볼게요.

나: 선생님, 저 그럼 만약에 다발성경화증이면 임신은 할 수 있어요? 평생 주사 맞아야 하면 임신해서도 주사 맞아야 해요? 그럼 아기한테 안 좋은 거 아니에요?

주치의: 임신은…. 제가 지금 잘 모르겠는데, 오늘 공부해서 꼭 알려줄게요.

나: 선생님, 저 아직 못 해 본 게 너무 많아요…. 저도 다른 사람들처럼 남들 해 보는 건 다 해 보고 싶어요….

주치의: 남들 하는 거 다 할 수 있어요. 즐겨야죠. 남들처럼 즐기면서 살 수 있어요. 알겠죠?

나: 네….

주치의 선생님이 가고 나서 한동안 깊은 생각에 잠겼

다. '즐겨? 남들 하는 거 다 할 수 있어? 내가? 뇌성마비 장애에 지금은 눈도 안 보이고 다발성경화증인지 뭔지 그거 때문에 평생 주사 맞을지도 모르는데, 이런 내가?'

생각의 중첩

눈이 보이지 않아서 응급실에 간 첫날에 스테로이드를 링거로 투여했는데, 이튿날부터는 스테로이드를 두 배로 늘려서 투여했다. 고용량 스테로이드의 부작용으로 불면증이 왔고, 입원한 지 2일째와 3일째에도 밤에 잠들지 못했다. 안 그래도 청각이 예민한데, 밤에 눈 감고 가만히 누워만 있으니 더욱 청각이 곤두서 조그마한 소리에도 신경이 날카로웠다.

눈 감고 누워있으니 이런저런 생각들이 정말 많이 들었다. 어린 시절부터 유치원 초등학교 중학교 고등학교 대학교 대학원…. 그리고 엄마 아빠….

어렸을 때 생일 케이크 촛불 보고 웃으며 좋아했던 거.

엄마 아빠 손잡고 걷던 거.

엄마 손잡고 재활치료 언어치료 물리치료 받으러 갔던 거.

비 오는 날 재활치료 받고 집으로 가는 길에 아빠가 차 안에서 기다리고 있었던 걸 엄마랑 나는 모른 채 우산 쓰고 걸어가는데, 갑자기 아빠가 차에서 내려서 엄마랑 나를 차에 태우고 집까지 데려다준 거.

초등학교 6학년 2학기 개학을 하루 앞둔 늦은 밤에 자는 엄마 아빠를 깨워서 학교 가기 싫다고 울면서 말했던 거.

고등학교 1학년 방과 후에 학교 옥상으로 올라가려다 문이 닫혀서 야간자율학습 시간에 칼을 손목에 대고 있었던 거.

고등학교 2학년 2학기 시작과 동시에 음악을 전공하고 싶다며 한 달 동안 부모님을 설득했던 거.

대학교 1학년 첫 학기에 작곡과 실기 수석 했던 거.

대학교 3학년 때 학교 대표로 음악회 연주하고 콩쿠르 준비해서 입상했는데, 그 덕에 원형탈모 왔던 거.

대학교 4년 내내 장학금 받아서 부모님이 좋아했던 거.

대학교 졸업하고 초등학교 중학교에서 방과후수업했던 거.

성적 우수 장학생으로 대학원 입학했던 거.

대학원 졸업 논문 준비하면서 많이 힘들었던 거….

지난 20여 년의 일들이 빠르게 머릿속을 스쳐 지나가던 밤이었다.

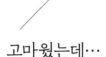

고마웠는데···

새벽 5시가 되어서 간호사가 혈당을 체크하러 왔을 때도 잠이 안 와서 여전히 깨어있었다. 간호사는 "왜 이렇게 높지?"라고 혼잣말하곤 응급실을 나갔다. 그렇게 응급실에서의 4일째 아침이 되었다.

조식을 먹고 오전 10시쯤 주치의가 와서 나의 안 보이는 눈을 체크했는데, 그땐 불빛이 좀 보였고 주치의 손가락 두 개가 보였다. 그리고 주치의는 자리가 생겨서 지금 바로 병실로 이동할 거라 알려줬다. 짐을 부랴부랴 싸서 응급실에서 병실로 옮겼고, 병원에 온 지 만 3일이 지나서야 나는 병실에서 환자복으로 갈아입게 되었다.

병실에 오고 한 시간쯤 뒤 주치의가 찾아왔다. 마지막 인사를 하러 왔다고 했다. 본인은 응급실에 속한 신경과 전공의라서 이제부터 나의 주치의는 병실 담당 신경과 전공의로 바뀔 거라 했다. 신경과 교수님도 좀 이따 들를 건데, 나랑 엄마한테 마지막 인사를 해야 할 것 같아서 이렇게 올라오게 됐다고 말했다. 그 말을 듣는 내내 고마운 마음과 함께 며칠 전 따지듯이 막 퍼부어댔던 게 미안하기도 했지만, 그 순간 고맙다거나 미안하다는 말은 나오지 않았다. 그저 가만히 엄마랑 응급실 주치의가 이야기하는 걸 지켜보고만 있었다.

엄마는 응급실 주치의한테 이렇게까지 신경 써줘서 고맙다고 말했고, 응급실 주치의는 "아닙니다. 치료 잘 받아야지요"라고 말하면서 나한테 말을 걸었다.

주치의: 진영 씨, 눈 이제 조금씩 회복되고 있으니까
　　　　치료 잘 받아야 해요. 알겠죠? 그리고 진영 씨
　　　　가 임신 물어봤던 거 제가 그날 밤에 공부해
　　　　보니까 다발성경화증에 걸려도 임신할 수 있
　　　　고, 임신 기간에는 주사 안 맞아도 돼요. 아기

한테는 유전 안 되고, 다발성경화증이랑 아기는 아무 상관 없어요. 또 삼성병원에 피검사 의뢰한 거 결과 나왔는데, 시신경척수염이 아닌 걸로 나왔어요.

나: 그럼 저는 다발성경화증이에요?

주치의: 음…. 지금으로서는 그럴 확률이 높아요. 자세한 건 이따 교수님이랑 같이 이야기하시면 돼요.

나: 네….

그때 마지막까지도 '고마웠어요. 그리고 밤에 따지고 퍼부어대고 엉엉 울었던 거 미안했어요.' 이 말이 마음속에서만 맴돌았고 입 밖으로 나오지 않았다. 그저 "네…"라는 대답밖에 나오지 않았다.

엄마: 그럼 선생님은 계속 응급실에만 계시는 거예요?

주치의: 아니요. 응급실 한 달 병동 한 달 이렇게 번갈아 가면서 있어요. 이번 달은 응급실에 있고요.

엄마: 네. 신경 잘 써 주시고 잘 알려주셔서 감사했
        어요.

주치의: 네. 치료 잘 받으시면 일상생활 하는 데 큰 문
        제는 없을 거 같아요. 눈은 시간이 지나면 조
        금씩 회복될 수도 있으니까 너무 낙담하지 마
        세요.

엄마: 네 감사합니다. 들어가세요.

응급실 주치의와 엄마는 서로 악수하고 헤어졌고, 걸
어가는 뒷모습을 끝으로 그를 다시 볼 순 없었다.

스테로이드

스테로이드를 링거로 투여한 후부터 계속 목이 타고 입안이 마르는 느낌이 들었다. 하루에 3리터 이상의 물을 마셨고, 딱히 단 음식을 먹지 않았는데도 혈당을 체크하면 공복 혈당 180, 밥 먹고 한두 시간쯤 지난 뒤 혈당은 250이었다*. 밤에 잠이 안 와서 불면증에 시달리는 것도, 원래 공복 혈당이 80~90이었던 내가 입원 후부터 공복 혈당 180이 넘은 것도, 물을 아무리 많이 마셔도 갈증이 나서 견딜 수 없었던 것도 모두 다 스테로이드 부작용이었

---

* 공복 혈당 정상 수치는 70~100.

다. 스테로이드를 링거로 투여하고 며칠이 지날 무렵부터는 또 다른 부작용인 moon face 현상[•]이 나타났다. 스테로이드는 그야말로 양날의 칼이었다.

입원 6일째인 일요일에 퇴원 수속을 하였다. 6일이 지나도 여전히 오른쪽 눈은 암흑이었고, 보이는 것은 손가락 두세 개가 회색으로만 보이는 정도였다. 입원한 지 4일째부터 병실로 이동한 후 주치의는 응급실 신경과 전공의에서 병동 신경과 전공의로 바뀌었고, 6일째에 퇴원하기 직전 병동 주치의는 담당 교수님에게 나의 처방약에 대해 전화로 물어보면서 처방전을 작성했다. 처방약은 스테로이드 알약 '소론도정'이었고, 한 번 복용할 때마다 12알씩 복용해야 했다.

소론도정 12알을 복용한 후에는 너무 어지러워서 걸을 때 균형을 잡기 힘들었다. 병원에 입원했을 때 스테로이드를 링거로 투여할 때도 부작용 때문에 힘들었는데, 소론도정을 복용해도 여전히 갈증과 불면증과 moon face가

• 스테로이드의 부작용 중 하나. 얼굴 살이 오른 것처럼 얼굴이 부어서 보름달같이 동그랗게 보이는 현상.

나를 괴롭혔다.

　퇴원하고 이틀 뒤 화요일, 대학원 지도교수님 연구실에서 졸업 논문 심사를 위한 발표를 했다. 물론 논문 심사 발표할 때도 한쪽 눈은 여전히 손가락 두세 개가 회색으로만 보이는 상황이었지만, 논문 심사 발표를 더 이상 미룰 순 없었다.

　논문 심사 발표 주간은 내가 원래 발표하려 했던 일주일 전 월요일부터 그다음 주의 금요일까지 2주 동안이라서 다행히 논문 심사 발표 주간을 넘기지 않고 발표할 수 있게 되었다. 논문 심사는 심사위원 교수님들이 지적한 몇 가지를 수정하고 다음 날 다시 보인 뒤 끝이 났다. 그렇게 졸업 논문 심사에 합격했다.

　퇴원 후 며칠이 지나서부터는 오른쪽 눈이 검은 암흑에서 벗어나 하얗게 보이기 시작했지만, 온 세상이 다 뿌옇게 보일 뿐 사물이나 사람의 형체는 아직 보이지 않았다.

부작용의 연속

오른쪽 눈이 안 보이게 된 지 2주쯤 지났을 무렵, 그러니까 퇴원하고 5일쯤 지났을 무렵부터였다. 눈이 조금씩 보이기 시작했다. 보이는 길이로 설명하자면 10센티 정도만 그나마 색깔이나 사물 형상이 예전과 비슷하게 보이는 듯했고, 10센티 미만을 제외하고는 온통 뿌옇게 보였다. 꼭 블러(blur) 처리한 것처럼 뿌옇게 가려져 보였다.

스테로이드 알약 소론도정의 부작용은 너무 심했다. 그 약을 한 번에 10개 이상 복용한 후에는 정신이 몽롱해졌고, 너무 어지러워서 제대로 걷지 못하고 자꾸 비틀거리면서 걷게 되었다. 스테로이드 성분이기 때문에 여전히 갈

증도 많이 났고, moon face 현상은 계속 지속되었다. 밤에 자려고 눈감고 누워있으면 심장이 뛰는 소리가 쿵쾅쿵쾅 너무 크게 들려서 불안감 또한 더욱 크게 조성되었다.

약은 한 번에 끊으면 안 되고 점차 줄여가면서 끊어야 한다고 해서 일주일에 두 개씩 약을 줄여나갔다. 약을 처방받으러 병원도 일주일에 한 번씩 갔다. 병원에 가서 외래 진료를 받을 때면 신경과 교수님은 '다발성경화증이 맞으니까 소론도정을 끊고 바로 다발성경화증 치료를 시작합시다'라고 명확하게 말하기보다는, "다발성경화증일 확률이 높아요…, 그럴 확률이 높죠…" 이런 식의 확실하지 않은 듯한 말을 해 왔다. 답답한 마음에 부모님과 내가 "다발성경화증이 맞는 건가요?"라고 물으면 신경과 교수님은 "그럴 확률이 크죠, MRI 사진을 보면 흰 점들이 여러 개 보이니까요"라고 했다. 그런 말을 들을 때면 '다발성경화증이 맞다는 거야? 아니라는 거야?' 라는 생각에 시간이 갈수록 점점 그 신경과 교수님의 말이 신뢰가 가지 않았다. 그래도 그때는 소론도정을 복용해야 했고 병원에서 다른 검사들을 좀 더 해 보자고 해서 퇴원 후에도 그 병원에 가서 뇌유발전위검사 등 여러 검사를 했다.

그렇게 11월 말이 되었고, 그해의 12월이 찾아왔다.

불신과 원망

　12월에도 소론도정을 처방해 주는 병원의 담당 신경과 교수님은 나한테 다발성경화증이 맞다고 했다가, 가능성이 높다고 했다가, 말이 자꾸 오락가락했다. 그럴수록 점점 그 병원과 담당 신경과 교수님에 대한 믿음이 사라져 갔다.

　그날도 어김없이 진료실을 나와서 약을 처방받으러 병원 앞 약국으로 갔다. 대학병원 바로 앞에 있는 약국이라 그런지 사람들이 많았다. 나는 약국 안에 있는 의자에 앉았고 엄마는 처방전을 제출하고 나서는 내 앞에 서 있었다. 엄마는 스마트폰으로 계속 무언가를 검색하면서 눈물을 흘리고 있었다. 엄마를 바라 보고 있는 내 마음속은 점

점 분노로 가득 차기 시작했고, 차오르는 분노를 억지로
억누르고 있었다. 엄마가 우는 걸 보면서도 내 마음속 분
노가 잠잠해지지 않았다. '울면 다야? 지금 누가 울어야
하는데! 누가, 울어야 하는데!! 왜? 울면 뭐 달라져? 어이
가 없네….' 이런 생각이 내 마음속 깊은 곳에서 자꾸 들
끓어 올랐다.

그러다 약이 나와서 약사 앞으로 갔다. 엄마는 약을 받
기 전에 약사한테 조금 전 스마트폰으로 검색한 걸 보여주
면서 "이거 좀 봐주세요"라고 말했다.

엄마:　　이거 좀 봐주세요.

약사:　　네, 여기서 어떤 게 궁금하세요?

엄마:　　다발성경화증, 이 병은 치료 약이 없는 거예요?

약사:　　네? 다발성경화증이요? 그 병은 병원에서….

엄마:　　주사를 맞아야 한다던데 주사를 계속 맞아야
　　　　　해요?

약사:　　자세한 건 병원에서 알아보셔야 해요. 저는
　　　　　정확히 잘 모르겠습니다.

엄마:　　그래도 아시는 거 좀 알려주세요….

나는 이런 상황을 옆에서 아무 말 없이 지켜봤다. '뭐 하는 거지? 왜 저래? 저러면 내가 고마워할 줄 알고?' 아주 독에 가득 찬 생각들만 들끓어 올라왔다. 그러다 약사가 엄마를 귀찮아하는 듯한 모습이 엿보여서 엄마 옆으로 가서 빨리 나가자고 말했다.

그렇게 약국에서 처방받은 약을 가지고 나와 한 걸음 한 걸음 딛는데 마음속에서 화가 계속 치밀어 올라왔다. 그걸 억지로 억누르고 있다가 도저히 못 참아내고, 더 참았다간 내가 미쳐버릴 것만 같아 걸음을 멈추고 엄마를 향해 격앙된 어조로 말했다.

나:　　아까 왜 그랬는데?

엄마:　뭐라도 물어봐야지…. 혹시라도 약사가 다른 말을 해 줄 수도 있잖아.

나:　　(소리치며) 모른다잖아!

엄마:　왜 소리를 질러?

나:　　소리 안 지르게 생겼어? 내가 평생 주사 맞을 수도 있다잖아. 평생 주사 맞아도 다발성경화증인지 뭔지 그 병이 진짜 맞으면 언제라도 다

시 눈이 안 보일 수도 있다잖아. 못 걸을 수도
있다잖아.

　나는 묵혀 왔던 모든 울분을 토하듯이 서 있는 제자리
에서 발을 쾅쾅 구르면서 소리쳤다.

나:　　　이게 다 엄마 때문이야.

엄마:　　이게 왜 엄마 때문인데?

나:　　　(소리치며) 몰라서 물어? 지난달에 내가 입원
　　　　했을 때 엄마가 의사한테 말했잖아. 엄마가
　　　　나 임신했을 때 늑막염 때문에 입원해서 계속
　　　　약 먹었다고. 독한 약 먹어서 내가 태어나고
　　　　얼마 뒤에 고열이 난 거 아닌가, 대학병원으로
　　　　데리고 가서 어떤 검사를 해도 엄마가 임신해
　　　　서 독한 약 먹었기 때문에 열이 안 떨어진 게
　　　　아닌가, 그래서 그 고열로 내가 뇌성마비 장애
　　　　가 생긴 게 아닌가, 이런 생각이 든다고 엄마
　　　　가 의사한테 말했잖아. 나 장애만 아니었어도
　　　　이런 병 걸리지도 않았어. 이놈의 장애 때문

에 내가 학교 다니면서 계속 괴롭힘당하고, 그래서 계속 학교 애들 눈치 보고, 계속 마음고생해서 이런 이상한 병에 걸린 거잖아.

길 한가운데서 나는 소리치며 엄마에게 한껏 퍼부어대고서는 앞으로 걸어갔고, 엄마는 아무 말도 하지 않았고 나를 잡지 않았다. 엄마와 나는 각자 다른 방향으로 걸어갔다. 엄마에게 퍼부은 것이 신경 쓰여 이내 발걸음을 멈추고 뒤돌아봤다. 엄마는 축 처진 어깨로 힘없이 걸어갔다. 엄마의 그런 모습을 여태까지 살면서 처음 봤지만, 나는 애써 못 본척하며 가던 방향으로 계속 걸어갔다. 부끄럽지만 그땐 내 행동이 잘못됐다는 생각을 전혀 하지 못했는데, 시간이 지날수록 문득 그때가 생각나면 마음 한편이 한없이 아리고 저며 온다.

2015년 12월 초의 어느 하루는 그렇게 지나갔고, 내 눈은 처음 발병한 지 한 달 반쯤 지나서 12월의 마지막이 올 때쯤에는 아주 가까이에 있는 글씨가 희미하게 보이기 시작했다.

2부

율무차 & 코코아

매일 아침, 엄마 손을 잡고 주유소 앞으로 갔다.
버스를 기다리며 자판기에서 뽑은 율무차가 그땐 참 맛있었다.
그래서 매일 아침 이런 생각을 했다.
'오늘은 뭘 먹지? 율무차를 먹을까? 코코아를 먹을까?'

엄마는 매일 아침 버스를 기다릴 때마다
오늘은 진영이 몸이 좀 더 나아지기를….
나는 매일 아침 버스를 기다릴 때마다
오늘은 뭘 먹지? 율무차? 코코아?

5살,
그땐
그랬었다.

버스를 타고

지금 기억나는 시절은 네다섯 살부터다.

매일 아침 엄마 손을 잡고 집 근처 주유소 앞으로 가서 버스를 기다렸다. 그 버스가 올 때까지 주유소 앞에 있는 자판기에서 율무차나 코코아를 뽑아 마셨고, 그걸 다 마시고 조금 더 기다리면 버스가 왔다.

버스를 삼사십 분 정도 타면 어느 한적한 곳에 도착했고, 나는 빨간 벽돌로 지어진 큰 건물 안으로 들어갔다. 그 건물 안에는 방이 많았고, 큰 병원처럼 보였다. 병원처럼 보이는 그곳이 마냥 좋진 않았다. 엄마랑 떨어져 있는 게 불안하고 무서웠고, 방에 들어가 이것저것 하는 일들이 힘들어서 하기 싫었다. 네다섯 살 어릴 때라 아직 치료라는 개념은 없었고, 그저 아프고 힘들고 불편해서 싫다고 여길 뿐이었다.

당시 치료 시간은 한 타임에 40분이었고, 비용은 한 타임당 1만 원이었다고 한다. 거기까지 가서 40분만 하고 오진 않았고, 자세히 생각은 안 나지만, 갈 때마다 몇 시간은 있었던 것으로 기억된다. 엄마는 나를 재활치료 해 주는 선생님들에게 10분이라도 더 해달라고 매일 부탁했다.

당시 물가로 봤을 때 상당히 부담될법한 금액이었고, 장애아동의 재활 물리치료에 대한 정부 지원은 전혀 없던 시절이라서 치료받을 엄두조차 할 수 없는 사람들도 많았다고 한다. 또한 치료받는다 해도 끝까지 받지 못하고, 경제적인 부담 때문에 얼마 못 받다가 그만두는 사람들도 많았다고 한다.

우리 집도 어려운 형편이었지만, 감사하게도 부모님이 나의 치료를 포기하지 않아 몇 년 동안 꾸준히 재활과 물리치료를 받았다. 나도 치료를 끝까지는 받지 못하고 3년 정도 받은 것으로 기억하는데, 그 기간만이라도 꾸준히 치료받은 걸 참 감사하게 생각한다. 치료를 못 받게 된 이후부터는 성인이 될 때까지 혼자서 책을 읽어서 녹음했고 그걸 들으면서 발음이 부정확한 걸 연습했다. 걷는 것도 어릴 때부터 항상 의식해서 걸어서 이제 습관이 되었다. 요즘도 걷다 보면 나도 모르게 의식해서 걷게 된다. 웃는 것도 입이 삐뚤어질까 봐 매일 거울을 보며 웃는 것을 연습했다. 매일 물을 마실 때도 물컵에 담긴 물을 흘리지 않고 걸어가는 걸 연습했다. 이외에도 생활하는 전반의 모든 것이 연습이었고 혼자만의 훈련이자 재활이었다.

대부분 사람은 전혀 연습하지 않는 것들을 나는 아주 어릴 때부터 성인이 될 때까지 혼자서 연습해 오면서 초등학교에 입학하기 전까지는 이런 연습을 하는 것이 당연한 거로 생각했다. 그런데 점점 커가면서 '왜 나만 이렇게 힘들게 연습해야 하는 건가'에 대한 의문을 품기도 했다. 그러면서 부모님이 나한테 어릴 때부터 헌신해 준 것에 대한 감사함보다는, '왜 나는 이렇게 몸이 불편한 것인가'에 대한 원망이 컸다.

지금도 가끔 40인승 버스를 탈 때면 30년 전 집 근처 주유소 앞에서 재활치료를 받으러 갈 때 탔던 셔틀버스가 생각이 난다. 그땐 잘 걷지 못해서 항상 버스 계단을 오를 때면 엄마가 뒤에서 나를 들어서 버스 안으로 들어가게 해 주었는데, 이젠 엄마가 뒤에서 나를 들어주지 않아도 버스를 탈 때 잘 올라탈 수 있어서 감사하다. 그리고 자판기를 볼 때면 커피보다는 아직도 율무차와 코코아에 먼저 눈길이 간다.

네다섯 살 무렵, 재활치료를 받으러 가기 위해 셔틀버스를 기다리는 막간의 시간에 율무차와 코코아 중에 뭘 먹을지 고민했던 그때를 생각해 보면 지금보다 몸은 정말 비교할 수 없을 만큼 많이 불편했지만, 어렸던 그때가 참 좋았던 시절인 것 같기도 하다. 그때는 율무차와 코코아 중에 뭘 먹을지만 고민하면 됐으니까. 그땐 율무차와 코코아 중에 선택해야 하는 게 나름 힘든 선택이었으니까….

그래서 어른들이 가끔 말하는 '그땐 그랬지'라는 말을 이젠 나도 하게 된다. "그땐 그랬지…."

입학

초등학교에 입학하기 전까지 내 몸이 불편한지 스스로 알지 못했다. 아무도 나의 몸에 대해서 말을 해 주지 않았다. 그래서 당연히 8살이 되는 새해를 맞이하면 동네에 있는 초등학교에 입학하는 줄 알았다. 그런데 내가 초등학교에 입학하는 게 그리 쉽지 않았음을 성인이 된 이후에 알게 되었다. 초등학교 입학 전이었던 당시 나의 모습은 누가 봐도 불편한 모습이 확연히 드러났고, 동네 주민들은 그런 나를 보면서 이 동네 학교로 보낼 거냐, 특수학교로 보내는 게 낫지 않겠냐 등의 말이 많았다고 한다. 그래도 부모님은 동네 주민들의 이야기에 아랑곳하지 않고 나를 동네 초등학교로 입학시켰다. 전후 사정을 아무것도 모르는 나는 설레는 마음만 품었지만, 초등학교 입학 이후부터의 10년이 수십 년을 보내는 것만큼 길고 힘들게 느껴지는 시간이 될지 그때는 몰랐다.

흙투성이가 된
교실

초등학교에 입학하고 1학년 1반에 배정받았다. 담임 선생님은 입학 직후 준비물을 알려주었고, 그 준비물 중 하나는 교실 안에서 키울 화분을 하나씩 가져오는 것이었다. 그날 수업이 끝나고 집으로 가 엄마한테 학교에 화분을 가져가야 한다고 했고, 엄마는 화분 사러 같이 나가자고 했다. 꽃집에 도착해서 엄마랑 나는 어떤 화분을 살지 잠시 고르다가 내가 마음에 드는 꽃화분을 샀다. 다음날 꽃화분을 들고 학교로 갔고, 교실 창틀에 놓아두었다.

쉬는 시간마다 내 화분을 보러 창틀로 갔고, 같은 반 아이들과 서로의 화분에 대해 이야기하고, 예쁘다고 웃으면서 꽃화분을 바라봤다. 그러다 집으로 가기 전 청소를 하는데, 쓰레받기를 들고 걷다가 쓰레받기가 창틀에 있는 내 화분을 밀치게 되었다. 순식간에 어제 산 화분이 떨어 졌고, 교실 바닥에는 온통 흙과 깨진 화분, 꽃이 널브러졌 다. 순간 어제 엄마랑 같이 꽃집에 가서 화분을 샀던 모습 이 머릿속에 그려지면서 눈물이 났다.

엉엉 울고 있는 내 앞으로 같은 반 아이들이 몰려왔고, 그 사이로 담임 선생님이 다가와 나를 달래주고는 다칠 수 있으니까 이쪽으로 오지 말라고 했다. 우리가 혹시 다 칠까 봐 담임 선생님은 오늘 청소는 그만하고 귀가하라고 했고, 나도 집으로 갔다. 집에는 엄마가 없었다. 알고 보니 엄마는 그날 학교 수업이 끝나는 시간 즈음에 담임 선생님 을 만나러 학교로 갔고, 교실로 갔을 때 담임 선생님 혼자 서 내가 깨트린 화분을 치우는 중이었다고 했다. 그 화분 이 내 화분인 것을 엄마가 확인하고는 선생님과 같이 화 분을 치우며 나에 대해 이야기를 했다고 한다.

엄마: 선생님, 진영이 좀 지켜보니까 몸이 불편한 게
         보이시죠? 진영이한테 뇌성마비 장애가 있어

서 걷는 거부터 말하고 밥 먹는 것까지 모든 것이 다 불편해요. 그래도 생각하는 거나 공부하는 건 문제없으니 아무쪼록 잘 부탁드릴게요, 선생님….

집에서 혼자 한 시간 정도 엄마를 기다리다 집으로 온 엄마를 보고 나는 큰 소리로 엄마를 불렀고, 엄마는 그런 나를 아무 말 없이 따뜻하게 안아주었다.

돌멩이

여느 때처럼 하굣길에 집으로 걸어가던 중이었다. 학교 담벼락 앞길을 혼자 걸어가고 있었고, 뒤에는 같은 학년 남자아이들 세 명이 걷고 있었다. 그러다 남자아이들이 내 뒤에서 나를 놀려대는 말을 하며 깔깔 웃었다. 그 아이들의 조롱을 들었지만, 애써 무시하며 집으로 계속 걸어갔다.

그러다가 뒤에서 돌멩이가 날아왔다. 뒤에 있던 아이들이 길바닥에 있는 작은 돌멩이를 나에게 던진 모양이었다. 남자아이들은 고개를 들어 뒤돌아보는 나를 보고 웃었고, 손에 들고 있던 우유팩까지 나에게 던졌다. 나는 더 이상 참지 못하고 울고 말았다. 내가 우는 모습을 보자 그 제야 그 아이들은 뿔뿔이 흩어졌고, 나는 계속 울면서 집으로 걸어갔다.

아파트 입구에 도착했을 때 여덟 살의 나는 불현듯 우는 모습을 엄마에게 보이면 안 되겠다는 생각이 들었다. 그래서 세면대가 있는 곳을 생각했고, 아파트 관리사무소 화장실에 가서 울었던 자국을 수돗물로 지워내려고 했다. 세수하며 앞에 있는 거울을 보고 얼굴을 확인했는데 여전히 눈에서는 눈물이 맺히고 있었다. '빨리 세수하고 집에 가야 하는데 왜 자꾸 눈물이 나는 거야….'

그렇게 아파트 관리사무소 화장실에서 책가방을 맨 채로 5분 정도 얼굴을 씻으며 울었던 흔적이 사라지길 기다렸다. 화장실에서 나와서도 자꾸 눈물이 맺히려고 하는 것 같았지만, 애써 그 눈물을 참으며 아파트 엘리베이터를 탔다. 15층까지 올라가는 동안 침울한 표정을 엄마에게 들키기 싫어서 엘리베이터 안에 있는 거울을 보며 웃어보았다. 15층에 도착할 때까지 웃는 얼굴을 연습했다.

집 현관문을 열자 엄마는 아주 반갑게 나를 맞이해 주셨는데 그런 엄마가 속상해하지 않았으면 해서 더욱 활짝 웃으며 엄마를 불렀다. 안도가 되는 듯하면서도 한편으로는 마음이 무겁기도 했다.

이만큼 크고 나서 그때가 한 번씩 생각날 때면 마음이 참 아린다. 그때 나는 왜 아이답지 못했을까, 왜 그렇게 참아왔을까. 그때는 열여덟 살도 아닌, 여덟 살의 너무 어린 아이였는데….

보물이 생겼다

　일곱 살부터 나는 유치원에 다녔다. 그때는 걸을 때 불편하다는 것을 스스로 인지하지 못했고, 지금은 인지는 하고 있지만 내가 어떤 행동을 할 때 불편해 보이는지 스스로는 잘 모른다. 나에게 알려주지 않는 이상 내가 생각하는 나의 모습은 내 눈에 보이는 다른 사람의 모습과 비슷할 것으로 생각할 뿐이다.

　유치원에 다니기 전에 엄마 손을 잡고 여러 유치원을 둘러봤는데, 아무것도 몰랐던 그때도 엄마와 유치원 선생님이 하는 말을 옆에서 들으며 뭔가 좋지 않다는 것을 본능적으로 느꼈다. 그렇게 유치원을 몇 군데 전전하다가 드디어 한 곳에 입학하게 되어 나도 유치원을 다닐 수 있게 되었다.

일곱 살의 나는 그 유치원에 다니는 게 참 좋았다. 유치원에서 처음 경험해 보는 게 많았는데, 그중 하나가 멜로디언이었다. 선생님이 하라는 대로 멜로디언을 열심히 연주했다. 그런데 유치원에서 멜로디언 연주할 때 찍은 사진을 나중에 집으로 보내준 걸 엄마가 보고는 아빠랑 같이 이야기하는 걸 나도 옆에서 듣게 되었다.

엄마: 진영이 사진 좀 봐.

아빠: 멜로디언 연주한 거네.

엄마: 응, 그런데 손이 다른 애들이랑 좀 다른 거 같아.

아빠: 응, 그 말 듣고서 다시 보니까 손 모양이 안 좋네.

엄마: 진영이 피아노 학원을 보내면 어떨까?

아빠: 그래도 되고, 당신이 생각해 보고 보낼 거면 보내 봐.

엄마: 응. 알겠어.

이런 내용의 대화를 들으면서 또 본능적으로 유쾌한

이야기는 아닌 것 같다는 느낌을 받게 되었지만, 내색하진 않았다. 다음 날 엄마는 나를 데리고 피아노 학원으로 갔다. 엄마는 학원 원장 선생님과 오랜 시간 동안 이야기를 나눴다. 내가 뇌성마비 장애로 왼쪽 몸에 마비가 왔다는 점, 그래서 왼손을 잘 못 쓴다는 점, 피아노를 배우게 되면 왼손을 좀 더 자연스럽게 움직일 수 있지 않을까 기대하고 오게 됐다는 점…. 이런 이야기들이었다. 피아노 학원 원장 선생님과 엄마의 오랜 대화 끝에 나는 그날부터 바로 피아노를 배우게 되었다.

초등학교 입학 후에도 계속 피아노를 배웠는데, 항상 피아노를 배우고 집으로 오면 피아노 책을 상에 펼쳐놓고 상 위에 손을 올려서 연습했다. 그 모습을 본 엄마는 며칠 후 아빠랑 피아노를 살 것인지 상의했다. 그리고 얼마 뒤 부모님은 나와 함께 매장으로 가서 새 피아노를 사 주었다. 그때가 초등학교 1학년 여름이었고, 그때부터 피아노는 나의 보물이 되었다.

지금으로부터 28년 전에 사준 피아노 가격은 250만 원이었다. 그때 피아노 매장에 같이 가서 본 기억 중 아직도 잊히지 않는 것이 있다. 아빠가 봉투에 만 원권을 가득 담아서 챙겨 간 것, 피아노 매장 사장님이 그 돈을 한 장씩 헤아릴 때마다 말하면서 250장을 헤아려 보았던 기억이다. 당시 여덟 살인 어린이가 그렇게 큰돈은 처음 봤기에 그 기억이 지금까지도 잊히지 않는 것 같다.

지금 생각해 보면 피아노의 금액보다 부모님이 나를 생각하는 마음이 측정할 수 없을 만큼 컸는데, 그땐 부모님의 마음을 잘 알진 못했고 그저 나의 피아노가 생겼다는 것이 좋았다.

여덟 살,

그땐 그랬었다⋯.

끔찍했던 1년

일곱 살 때부터 피아노를 배우다가 6학년에 진학할 무렵 피아노 학원을 그만두게 됐다. 계속 어려운 곡을 배우니 연습하는 게 갑자기 버겁고 싫게 느껴졌다. 그래서 배우는 건 멈추고 집에서 가끔 혼자 연습했다.

그러다 6학년 1학기가 시작되었는데, 여태까지 친하게 지냈던 친구들과 6학년 때는 같은 반이 되지 않았다. 그래도 처음 보는 친구들한테 먼저 말 걸고 같이 이야기하면 새로운 친구들이 생길 것이라 기대했다. 학기가 시작하고 한 달가량 같은 반 아이들과 비교적 원만히 지냈다. 이제 나의 새로운 친구가 생길 수 있겠구나 생각했는데, 그 이후부터 생각과는 다른 분위기가 조성되는 게 느껴졌다.

한 달 정도 같이 이야기했던 아이들이 서서히 나를 멀리하고, 무리 지어서 수군거리는 것을 자주 목격하게 되었다. 그러다 좀더 시간이 지나자 남자아이들은 선생님의 눈을 피해서 나의 불편한 모습을 흉내 내며 놀리고 때렸고, 나와 함께 이야기하고 집에 갈 때 같이 걸어갔던 여자아이들도 나를 멀리했다. 내가 먼저 말 걸면 싫어하는 표정을 지으며 나를 멀리하고, 아이들의 얼굴을 쳐다보지도 못하게 했다. 내가 걸어가다가 아이들 물건에 내 몸이 닿게 되면 병신한테 닿았다며 보는 앞에서 그 물건을 손으로 먼지 털어내듯이 행동했다.

시간이 지날수록 학교에 가는 게 버겁고 무서웠다. 아침이면 학교에 가야 한다는 게 너무 싫어서 매일 밤 잠들기 전 누워서 울다가 잠들기 일쑤였다. 그러다 여름방학이 되었다. 1학기 내내 여름방학이 오기만을 기다렸다. 그때까지 부모님에게 이런 사실을 전혀 말하지 않았다. 점점 개학이 가까워질수록 학교에 가야 한다는 게 싫은 것 이상으로 괴로웠다. 다시 학교에 가야 한다는 사실이 나를 점점 더 옭아맸다.

개학 하루 전날 밤, 자야 할 시간이 됐지만 잠이 오지 않았다. 더는 못 버티겠다 싶어 나는 괴롭힘을 당한 지 반 년 만에, 개학 하루 전날 늦은 밤, 부모님을 찾았다. 부모님 방으로 향하는 발걸음이 참 무거웠다. 내 방과 부모님 방 사이의 불 꺼진 짧은 거리를 몇 번이나 왔다갔다하기를 반복하다가 용기를 내서 캄캄한 방의 문을 열어 자는 엄마를 깨웠다.

나: 엄마, 일어나 봐…, 엄마, 일어나 봐….

엄마: 왜? 방에 가서 빨리 자.

나: 엄마, 나…, 학교 가기 싫어….

엄마: 그게 무슨 말이야?

나: 나 학교 가기 싫어….

이 말을 하는데 울음이 터져버렸다. 그러다 아빠가 방에 불을 켰고 부모님은 내가 다 울 때까지 기다려 주었다. 그리고 왜 학교에 가기 싫은지 물어보았다.

엄마: 왜 가기 싫은데?

나: 애들이 나 때려. 내 몸 불편하다고 매일 놀리고 때리고, 애들이랑 스치지도 못하게 하고, 눈도 못 마주치게 하고, 자기 물건에 내 몸 절대 닿지도 말래….

엄마: 그럼 선생님은? 선생님은 이런 거 아셔?

나: 선생님이 볼 때는 애들이 때리지는 않는데 선생님 안 보이는 데서는 때려. 근데 선생님도 아시는 거 같은데 애들한테 하지 말라는 말 안 하는 거 같아…. 학교 가기 싫어….

엄마: 언제부터 그랬는데?

나: 1학기 때부터 그랬어.

엄마: 그런데 왜 이제 말해?

나: 말하기 싫었어. 엄마 아빠 슬플까 봐….

아빠: 누가 많이 괴롭히는데?

나: 다들 괴롭혀.

아빠: 특별히 많이 괴롭히는 애들 이름은 뭐야?

울면서 나를 괴롭히고 때리고 놀린 애들 이름을 한 명씩 말했고, 그 이름들을 엄마는 떨리는 손으로 종이에 한 자씩 받아 적었다. 엄마는 학교에 가서 담임 선생님에게 이 이야기를 했지만, 담임 선생님은 엄마가 다녀간 이후에도 나를 괴롭히는 반 아이들을 제재하거나 훈계하지 않았다.

괴롭힘은 6학년 2학기가 끝나는 날까지 지속되었다. 어렸던 나는 하루하루 시간이 가기만을 바랐다. 너무나 시간이 더디게 가는 것처럼 느껴졌던 2001학년도가 끝나면서 다행히 중학교는 원했던 곳으로 배정받게 되었다.

중학교

초등학교 6학년, 그 악몽 같은 1년 동안 늘 생각했다. 제발 중학교는 집 앞에 있는 여중으로 가게 해 달라고, 늘 생각하고 기도했다. 적어도 여중에 가면 놀리거나 싫어하는 애들은 있을지언정, 나를 여태까지 때렸던 남자애들은 없을 거니까…. 맞는 게 너무 싫었다. 맞는 건 그렇다 쳐도, 발로 차일 때 나의 옷에 신발 자국이 선명하게 남는 건 너무 치욕스러웠다. 그리고 신발 자국이 남은 것을 집에 가기 전까지 혼자 지우는 게 너무 힘들었다. 엄마가 신발 자국을 보면 속상해할까 봐 그것만큼은 절대 보이기 싫었다.

초등학교 졸업식 때 다른 아이들은 친구들끼리 사진

찍고 이야기했지만, 나는 사진을 같이 찍을 친구도, 이야기할 친구도 없었다. 그런 내 모습을 뒤에서 엄마가 바라보고 있다는 게 마음이 너무 불편했고, 엄마가 속상해할 것 같아서 빨리 그 순간이 지나가길 바랄 뿐이었다.

졸업 후, 바랐던 집 앞의 여중으로 배정받게 되었다. 너무 좋아서 미칠 것만 같았다. 더 이상 맞지 않아도 되고, 더 이상 발로 차여서 옷에 묻은 신발 자국을 지우지 않아도 될 것 같다는 생각만이 머릿속을 가득 채웠다.

작년 1년 동안 있었던 안 좋은 기억은 다 지우고, 정말 재미있게 잘 지내고 싶다는 부푼 기대를 하며 중학교에 입학했다. 비록 체육 수업을 일주일에 세 번씩 해야 한다는 게 부담되고 싫었지만, 중학교 1학년 체육 수업에서 정주현 선생님이 나의 눈을 바라보며 해 주었던 말이 아직도 가끔 내 귓가에 맴돌 때가 있다.

"진영아, 해 봐. 할 수 있어. 괜찮으니까 해 봐."

멀리뛰기 수업 시간, 내 차례가 되었을 때 한참을 제자리에서 발만 동동거렸던 내가 정주현 선생님의 이 진심 어린 말을 듣고 발을 떼서 뛰었다. 다른 학생에 비해 터무니없는 거리가 나온 게 민망한 나머지 뛰자마자 바로 투덜거리긴 했지만, 이십여 년이 지나서 그때 선생님의 나이보다 내 나이가 더 많아졌어도 한 번씩 나를 바라봐 주었던 선생님의 눈빛은 여전히 뜨겁게 느껴진다.

중학교에 다니던 3년 동안 같은 반 아이들이 때리지 않아서 무척 행복했고, 나와 함께 이야기하는 친구들이 있어서 좋았다. 초등학생 때와는 다르게 집으로 돌아갈 때 혼자 가지 않는 게 너무 좋다 못해 동네 사람들이 다 봤으면 좋겠다 여길 만큼 자랑스럽기까지 했다.

야간 자율 학습 시간

중학교를 졸업하고 1지망으로 지원했던 고등학교에 배정되었다. 그런데 중학교 때 친했던 친구들은 모두 2지망으로 지원한 고등학교로 가게 된 것이다. 다시 불안이 엄습해 왔다. '남녀공학 고등학교에서 6학년 때처럼 남자애들이 또 때리고 놀리면 어떡하지?' 이런 불안감이 다시 나를 괴롭혔다.

고등학교 1학년, 처음 교실에 들어갔을 때 아는 사람은 한 명도 없었다. 같은 중학교에 다녔지만 한 번도 같은 반이 된 적 없는 애들과 다른 학교 애들이 섞여 있었고 나는 그 사이에서 적응하기 어려웠다. 다시 혼자가 된 것만 같앉다. 그렇게 한 학기가 지났다. 나를 괴롭히는 아이는 없었지만, 친한 친구도 없었다. 자연스레 초등학교 6학년 때처럼 학교에서 혼자 생활하게 되었다. 나는 점점 더 편협적이고 부정적으로 바뀌어 갔다. 끊임없이 자신을 되돌아보게 되었고, 어느 순간 나의 불편한 몸이 미치도록 싫어졌다.

2학기가 시작되고서 그런 생각들은 더욱 나를 사로잡았다. 이 세상 모든 것이 다 부정적으로 느껴지면서 불편한 몸이 싫은 것에서 더 나아가, 나 자신을 싫어하게 되었다. 더 이상 살아야 할 이유를 찾지 못했다. 그 순간부터 죽음만 떠올렸다. 그저 삶이 무의미하게만 생각됐다. 길을 걷다가 눈앞에 보이는 건물을 보고 무심결에 '저 건물 옥상에서 뛰어내리면 죽을 수 있을까…'라고 여길 정도로 내면 깊은 곳까지 생각이 곪아갔다.

그러던 2005년 9월 9일, 금요일이었다. 저녁에 야간자율학습을 하고 있었다. 옆자리 애한테 커터칼이 있냐고 물었고, 칼을 빌렸다. 그 애는 그저 내가 무언가를 자르려는 것이겠거니 생각했겠지만, 나는 그런 의미에서 칼을 빌린게 아니었다. 나는 빌린 칼의 칼날을 길게 내밀어서 왼쪽 손목 위에 갖다 대고는 부동자세로 있었다.

그 자세로 가만히 있으면서 머릿속에서는 취학 전 재활치료를 받았던 시간, 초등학교 1학년 때 학교에서 집으로 가는 길에 뒤에서 돌멩이를 던졌던 아이들에게 아무 말도 하지 못하고 그저 울면서 가다가 엄마가 속상할까 봐 집에 도착하기 전에 세수하고 들어갔던 것, 초등학교 6학년 때 반 아이들이 매일 때리고 놀리면서 나를 벌레 보듯이 쳐다봤던 눈빛들, 살아온 순간 중에서도 부정적인 사건들이 모두 물밀듯이 머릿속으로 빠르게 스쳐 지나갔다.

나는 점점 그 생각으로 빨려 들어갔다. 그리고 칼을 들고 있던 오른손을 위로 들어 올려 왼쪽 손목 대동맥으로 향하던 그 순간, 화장실에 갔다가 제자리로 돌아가던 우리 반 애 하나가 나를 목격하고는 복도가 떠나가게 비명을 질렀다. 그 애는 두 손으로 자기 얼굴을 감싸고 눈알이 빠질 만큼 눈을 크게 뜬 채로 놀라서 벌벌 떨고 있었다. 나는 그 애의 비명에 정신을 차리고 들고 있던 칼을 내려놨다. 그리고 내가 방금 무슨 짓을 한 거지, 라는 생각과 함께 눈물이 주체할 수 없이 흘러내렸다.

하염없이 눈물이 나서 몇 시간 동안 계속 울었다. 그렇게 1학년의 어느 하루가 흘러갔다. 그날 이후 나와 우리 반 애들은 아무 일도 없었던 것처럼 예전과 같이 생활했지만, 마음속 한편에는 뭔가 모를 죄책감이라고 해야 될까, 자신에 대한 미안함이라고 해야 될까…. 한동안 정체 모를 감정에 휩싸일 때가 간혹 있었다.

절대음감

고등학교 2학년이 되어서도 1학년 때와 다르지 않은 학교생활을 이어갔다. 여전히 친한 친구가 없었고, 어떻게 친구를 사귀어야 할지, 어떻게 아이들에게 다가가야 할지 모른 채 그저 어색하고 낯설었다. 그런데 사실 내 마음은 그렇지 않았다. 다른 아이들끼리 무리 지어서 재미있게 노는 것이 부러웠고, 나도 그 무리와 함께 놀고 싶었다. 하지만 여전히 그 방법을 알지 못했다. 그렇다고 포기하긴 싫어서 수학이나 영어 중에 모르는 걸 물어보는 것을 핑계 삼아 아이들에게 말을 조금씩 걸어봤다. 하지만, 문제를 물어보고 알려주는 것뿐이었고, 그 이상으로 관계가 좋아지는 건 아니었다. 지금 생각해 보면 그때의 나는 친구들과 관계를 개선하는 방법을 잘 몰랐던 것 같다.

2학기 초 9월의 어느 날 음악 수업 시간이었다. 그날은 여태까지 가르쳤던 음악 선생님이 아닌 새로운 음악 선생님이 수업에 들어왔다. 새로운 선생님과 음악 수업을 하던 중, 갑자기 선생님이 피아노 건반을 하나 치고 방금 피아노 소리가 계이름으로 들린 사람이 있냐고 물었다. 나는 계이름 '시'라고 대답했다. 그때부터 선생님은 나한테만 대답해 보라고 하며 피아노 건반을 마구잡이로 눌렀고, 나는 건반이 눌릴 때마다 바로 계이름을 대답했다. 선생님은 나한테 절대음감이 있다고 하며 음악을 전공해보겠냐고 물었다. 그 말을 듣고 중학생 때 잠시 생각했던 음악 전공에 대한 마음이 다시 불끈 솟아올랐다.

수업이 끝난 후 음악 선생님을 다시 찾아가서 음악 전공에 대한 심도 있는 이야기를 나눴다. 사실 중학생 때 음악을 전공하고 싶었는데, 왼손이 불편해서 전공에 대한 마음을 내려놓았다고 말하자, 선생님은 피아노 전공이 아닌 작곡 전공을 권유했다. 작곡 전공 또한 중학생 때 생각해 봤지만 왼손의 불편함이 발목을 잡았다는 것도 이야기했다. 선생님은 내가 작곡 전공은 가능할 것 같다고 하면서 본인이 원래 오르간 전공 대학 강사인데 우리 학교에 음악과 기간제 교사로 이번 한 주 동안만 수업하러 잠시 온 거고, 작곡에 대한 기초 이론과 피아노를 나한테 개인 레슨 해 줄 수 있다고 먼저 말했다. 그러면서 본인이 나한테 입시 레슨을 해 주게 되면 시간당 얼마라고 내가 묻지도 않았던 레슨비까지 알려주었다.

당시 나는 고등학생이었지만, 그 선생님에게 영업을 당하는 듯한 느낌이 들었다. 그래서 그 선생님한테는 일단 고민해 보겠다고만 했고, 일주일 뒤부터는 그 선생님을 학교에서 볼 수 없었다. 그리고 며칠 동안 내가 음악을 전공해도 될까를 진지하게 고민한 후 부모님에게 음악을 전공하고 싶다고 말했다. 갑자기 음악을 전공하고 싶다는 이야기에 부모님은 당황스러워했고, 동시에 고등학교 2학년 2학기에 음악 전공으로 방향을 변경하는 것에 대해 걱정을 앞세웠다. 그렇게 한 달 정도 나는 거의 매일 부모님을 설득했다.

나의 진심이 통한 것일까? 부모님은 작곡 입시 레슨 선생님을 찾기 위해 여기저기 알아보았다. 때마침 우리 아파트 상가에 있는 작은 피아노 교습소 원장 선생님의 전공이 작곡이라는 것을 알게 되면서 그 학원으로 엄마와 같이 가게 되었다. 피아노 교습소 원장 선생님은 본인이 작곡 입시 레슨을 받았던 작곡 입시 레슨 학원이 아직 유명하게 자리 잡고 있다며 그 학원을 소개해 주었다. 다음 날 저녁 부모님과 나는 그 학원으로 갔다.

학원 문을 열고 들어서자 교복을 입은 학생들이 많이 있었고, 연습실마다 피아노 연습 소리가 들려왔다. 작곡 학원 원장 선생님과의 첫 면담에서 부모님은 걱정을 내비쳤다. 작곡 선생님은 부모님과 이야기를 잠시 나눈 후 나의 음감과 피아노 연주, 나 혼자 작곡한 악보를 보고, 내가 음감이 좋기에 지금 시작해도 충분히 잘할 수 있을 거라고 하며 부모님을 안심시켰다. 그리고 레슨비 금액을 말해 주었는데, 당시 우리 집 사정으로는 부담되는 금액이었다. 걱정도 되고 한편으로 부모님에게 죄송한 마음이 들었지만, 아빠는 나한테 열심히 해 보라며 기꺼이 지원해 주겠다고 했다.

입시 레슨과
행복한 학교 생활

　작곡 입시 레슨을 받기 위해 학교 정규 교과 시간이 끝
나면 보충수업이나 야간자율학습을 하지 않고 바로 학원
으로 갔다. 학원으로 가는 첫날, 설렘과 긴장감이 깃들었
다. 학교에서 학원까지는 버스를 타고 한 시간 정도 걸렸
다. 한 번에 바로 가는 버스가 있어서 다행이라 생각했다.
작곡 노트와 피아노 책은 다른 책보다 크기가 커서 책가
방에 들어가지 않아 손에 들고 가야 했지만, 작곡 노트와
베토벤 피아노 소나타 책을 들고 걷는 건 왠지 뿌듯하고
자랑스러웠다.

　뿌듯했던 것은 잠깐의 빛 좋은 개살구에 불과했고, 입

시 레슨을 받을수록 피아노를 치면서 몸의 불편함이 스스로 느껴져서 힘들었다. 이 힘듦은 초심과 다르게 싫음으로 변질되어 갔다. 분명 너무 하고 싶어서 부모님을 장시간 설득한 끝에 허락받은 것이고, 잘해보겠다고 다짐한 것인데 이렇게 금방 피아노에 흥미를 잃게 될 줄은 몰랐다. 그래도 작곡에는 자신이 있었다. 곡을 쓸수록 레슨 선생님과 함께 레슨을 받는 친구들에게 칭찬도 자주 들었다.

학교에서는 여전히 친구들과의 관계가 힘들었지만, 학원에서는 같이 레슨 받는 고3 언니들과 같은 학년 친구들, 그리고 고1 이하의 동생들과 좋은 관계로 지내게 되어 자연스레 학교보다 학원이 더 좋아지게 되었다. 그 덕분에 학교에서 혼자 있어도 입시 레슨을 받기 전과 후의 심리 상태는 극명하게 달랐다. 비록 피아노 치는 게 힘들고 불편해서 피아노 레슨 받으러 가는 날은 마음이 무거웠지만, 학원에서 친구들과 언니들 동생들을 만날 수 있다는 게 너무 좋아서 피아노 레슨에 대한 부담감을 조금은 떨쳐버릴 수 있었다.

하지만 피아노를 치는 것과 더불어 작곡에서도 나의 선천적인 불편함이 발목을 잡게 되었다. 어릴 때부터 손글씨를 쓰는 게 다른 사람들보다 느리고 힘들었던 나에겐 작곡할 때 손으로 직접 악보를 그려 나가는 게 다른 사람들보다 시간이 더 걸릴 수밖에 없었다. 입시 시험이나 콩쿠르에서는 작곡 시간을 3시간으로 제한하기 때문에 3시간 이내에 작곡한 걸 깔끔하게 악보로 제출해야 한다. 그러다 보니 3시간 이내에 작곡한 걸 예쁘게 악보로 그려서 제출할 수 있을지에 대해 또 다른 고민이 생기게 되었다. 입시를 준비하는 다른 학생들보다는 악보 그린 게 덜 예뻐 보였지만 그래도 매 순간 최선을 다해서 악보를 그렸다.

시간은 흘러서 어느덧 고3이 시작되는 학년도를 며칠 앞둔 날이었다. 2월 말부터 일주일 동안 학교에서 보충수업을 할 때 다른 학년과는 다르게 고3이 되는 학년에는 임시 담임 선생님이 있었다. 나는 그때부터 고민하기 시작했다. 나의 불편함을 담임 선생님한테 먼저 이야기하고 싶은데 어떻게 말하는 게 좋을까를 며칠 동안 계속 고민했다. 그러다 오늘은 꼭 말하겠다는 각오를 하고 쉬는 시간에 떨리는 마음으로 교무실로 향했다. 교무실 문 앞에서 계속 서성이다가 수업 종이 울려서 다시 교실로 가기를 몇 번…. 그렇게 반복하다가 어느 순간 두 눈을 질끈 감고 교무실 문을 열었다.

바로 앞에 앉은 선생님이 어떤 선생님을 찾아왔냐 물어, 김준영 선생님을 찾아왔다고 말하자 김준영 선생님은 내 말을 들었는지 이리로 오라는 손짓을 했다. 선생님 앞으로 갔는데 긴장되고 떨려서 선생님 얼굴을 차마 쳐다보지 못하고 고개를 푹 숙인 채로 이야기를 해 나갔다.

나: 선생님, 저 2반 모진영인데 선생님이 지금 임시 담임 선생님이시잖아요. 그럼 다음 주부터 새로운 학기가 시작되어도 선생님이 우리 반 담임 선생님이신 거예요?

선생님: 응. 맞아.

나: 선생님, 이 말은 제가 꼭 선생님께 직접 말씀드리고 싶어서 왔어요. 사실 제가 몸이 좀 불편해요. 왼쪽이 불편한데 3학년은 체육 수업이 없어서 크게 힘든 건 없을 것 같지만, 담임 선생님이 아셔야 될 것 같아서 먼저 말씀드려요….

나는 고개를 푹 숙이고 있었다. 선생님은 내 이야기를 듣고 이렇게 말해 주었다.

"진영아, 네가 먼저 선생님한테 말해 줘서 너무 고맙다."

'응? 이게 고맙다고? 왜? 여태까지 내가 불편한 거 알게 되면 다 싫어했는데…. 선생님은 왜 나한테 고맙다고 말씀하시지? 내가 불편한 걸 말했을 때 고맙다고 말한 사람은 한 번도 없었는데?'

순간 복잡 미묘한 감정이 깃들었다. 그리고 여전히 고개를 푹 숙인 채로 인사하고 교무실에서 나올 때까지 떨리는 마음을 주체하지 못했다. 선생님의 고맙다는 그 한마디가 내 귓속에서 계속 맴돌았고, 그날 집에 돌아갈 때까지 고맙다는 세 음절의 단어가 내 귓속을 가득 채웠다. 그날 이후부터 뭔지는 모르지만 자신감이 생겼다. '내가 불편함을 먼저 말했을 때 고맙다는 말을 들을 수도 있구나…. 더 이상 이 말을 했을 때 불편함으로 인해 싫어하거나 때리는 사람은 없겠구나…'라는 생각과 더불어 고3 같

은 반이 된 아이들에게 내가 말을 먼저 걸어보자는 용기
도 생겼다. 그리고 곧바로 도전했다. 그러자 새롭게 알게
된 고3 반 아이들은 나를 허물없이 대해 주었고, 드디어
고등학교에 입학한 지 만 2년 만에 재미있는 학급 생활을
경험할 수 있게 되었다.

고3이 되어서도 고2 때처럼 정규수업만 참여하고 보
충수업과 야간자율학습은 참여하지 않고 바로 입시 레슨
을 받으러 갔다. 그런데, 고3 담임 선생님은 우리 반에서
나를 포함하여 입시 레슨을 받으러 가는 학생들 3명에게
항상 정규수업 끝나고 레슨 받으러 가기 전에 교무실에 들
러서 선생님에게 인사하고 가라고 했다. 처음엔 매일 교무
실에 들러서 인사하는 게 좀 어색하게 느껴졌는데, 계속
하다 보니 선생님과 더 가까워지는 것 같았다. 자연스레
학급에서 친하게 지내는 친구들도 생기게 되면서 그 어느
때보다 고3 때가 학창 시절 중 제일 좋았던 때로 기억에
남게 되었다.

반면 당시 콩쿠르에서의 성적은 기대에 비해 저조했다.
대학교 입시 시험에 앞서 경험상 나간 콩쿠르였다. 최선을
다했지만, 콩쿠르에 나갈 때마다 상을 받지 못했다. 다른

친구들의 수상을 축하해 주는 현실이 어린 마음에 씁쓸하기도 했다. 그래도 입시 시험만 잘 치면 되겠지, 라는 생각으로 꾸준히 준비했다. 하지만 대학교 수시 시험에서 지원한 두 학교에서 떨어졌고, 정시 시험에서 지원한 두 학교마저 모두 떨어지고 말았다.

콩쿠르와 대학교 입시에 연이어 낙방하고 나서 한동안 방황했다. 그럼에도 불구하고 방황하던 나를 붙잡아준 사람은 고3 담임 김준영 선생님과 입시 레슨 선생님이었다. 내가 방황의 굴레에서 벗어날 수 있도록 위로하고, 정신적 지지를 보내줬다. 그래서 다른 대학교 추가모집에 지원했는데, 사실 그 대학교는 참 가기 싫었다. 하지만 입시 레슨 선생님과 김준영 선생님, 그리고 부모님 모두 재수보다 추가모집 하는 학교로 가기를 권해서 어른들의 결정에 따를 수밖에 없었다. 무엇보다 입시를 또다시 준비할 용기도 없었기에 울며 겨자 먹기로 추가모집으로 지원한 대학교에 입학하게 되었다. 이 학교에 입학하게 될 줄 알았으면 차라리 수시 시험에서 이 학교를 지원할 걸 그랬다는 생각도 들었다.

지금은 어릴 때 실패의 경험이 다른 것들을 준비할 때

발판이 될 수도 있기에 헛된 경험은 아니라는 걸 알지만,
19살 그때는 너무도 절망적이었다.

캠퍼스의 낭만?

2008년 3월, 추가모집으로 합격한 대학교의 입학식에 참여하게 되었다. 입학식에 참여한다는 것은 나중에 다른 곳으로 편입을 한다 해도 앞으로 최소한 2년 동안은 이 학교에 다닌다는 걸 확정하는 것이기에 대학교 입학의 설렘보다는 다니기 싫다는 생각만 앞섰다. 입학식 장소에는 각 단과 대학별로 입학생들이 모여있었고, 나는 음악대학 입학생들이 있는 곳으로 갔다. 다들 설레는 마음이 부풀어 있는지 웃고 있었지만, 나는 웃음보다는 앞으로 집에서 학교까지 왕복 4시간 거리를 어떻게 다녀야 할지에 대한 고민이 앞섰다.

대학교 첫 학기 새내기의 생활은 에너지가 넘치고 낭만이 깃들며 행복한 생활일 것 같았지만, 나에겐 그렇지 않았다. 첫 학기 강의 수강 신청이 만족스럽지 못했고, 입학식 때부터 걱정했던, 집에서 학교까지의 왕복 4시간 거리가 너무 힘들었다. 그리고 음악대학 각 과별로 수요일 오후는 연주 수업 시간이었는데, 이 수업의 첫 시간에 너무 큰 실망을 하게 되었다.

작곡과는 수요일 오후 연주 수업에 1학년부터 3학년까지 한 강의실에 모이는데, 2·3학년은 본인이 작곡한 곡을 연주해 줄 연주자를 관현악과·성악과·피아노과에서 섭외해야 했다. 그리고 정해진 순서에 따라 매주 연주 수업 시간에 1·2·3학년과 강의 담당 교수님이 보는 자리에서 곡을 발표했다. 이때 1학년은 선배들이 발표하는 곡의 연주를 듣고 감상평을 써서 제출했다. 몇몇을 제외하고는 선배들의 발표곡과 연주는 기대에 못 미쳤지만, 대입에서 좋은 결과를 이루지 못한 내 책임이기에 내가 감내할 일이라는 생각이 들었다. 그래서 내가 2·3학년이 되어 작곡한 곡을 연주 발표할 때에는 절대 내 후배들에게 이런 실망감을 돌려주지 않겠다고 다짐했다.

그렇게 1년이 흘렀고, 2학년 1학기 초에는 교직 이수자에 대한 발표가 있었다. 학교에 대한 회의가 느껴지고 왕복 4시간의 통학 시간 때문에 많이 힘들었지만, 2학년 1학기 교직 이수 선발에 목표를 가지면서 1학년 때 정말 열심히 공부했다. 그래서 교직 이수자 명단에 내 이름이 있을 거로 생각했지만 내 이름은 존재하지 않았다.

추가모집으로 입학했기 때문에 나는 다른 학생들이 이미 1학년 1학기 수강 신청을 끝낸 이후에 수강 신청을 했다. 그래서 전공필수를 제외한 나머지 강의는 자리가 거의 없었다. 당시 남아있던 교양수업은 공과대학 수업뿐이라 그것으로 신청했는데, 이 수업이 나의 발목을 잡게 될 줄은 그땐 몰랐었다. 공과대학 교양수업을 열심히 듣긴 했지만, 시험 성적으로는 C를 받았다. 그 결과 수업 하나가 나의 1학년 전체 총점과 평점에 악영향을 미치게 되어 우리 과에서 나는 3등이 되었다. 그래도 교직 이수는 과에서 10퍼센트까지 할 수 있고, 작곡과는 한 학년에 30명이니 3등이어도 괜찮다고 생각했다. 그런데 05학번 선배가 등장하는 변수는 예상하지 못했다.

당시 우리 과는 08학번에서 2명, 05학번에서 1명이 교직 이수자로 선발되었는데, 06학번까지는 2학년까지의 성적으로 3학년 때 선발했지만, 07학번부터는 1학년 성적으로 2학년 때 선발하는 것으로 교직 이수 선발 규정이 변경되었다. 그런데 내가 교직 이수를 신청했던 2009년에 05학번 선배가 3학년으로 복학하면서 그 선배와 08학번 내 동기 두 명이 교직 이수를 하게 된 것이었다.

이에 반발하여 전공 교수님과 학과장 교수님께 항의했지만, 그 항의가 받아들여지진 않았다. 전공 교수님은 그런 나에게 지금 휴학하고 내년에 복학하게 되면 내년에 2학년 신분으로 교직 이수를 할 수 있다고 말했지만, 그건 내가 겪었던 일을 내년에 나의 후배한테 똑같이 겪게 하는 것이기에 그렇게는 못 하겠다고 했다.

대학 입학 후 유일하게 이 학교를 다닐 수 있게 해 주었던 목표이자 버팀목이 교직 이수였는데, 이제 사라져 버리고 말았다. 그래서 편입을 마음먹게 되었다. 작곡과 전공과목 중 피아노 실기 레슨이 있었는데, 그 시간에 피아노과 강사 선생님께 작곡과 편입 시험 중 피아노 시험으로 치를 곡을 레슨 받겠다고 말씀드렸다. 그러자 피아노과 선생님은 나에게 대구의 어느 음악대학을 가든 졸업 이후

행보와 방향은 거의 비슷하다며, 차라리 편입보다는 지금
이 학교에서 내 전공인 작곡에 더 몰입해서 공부해 보는
게 어떻겠냐는 새로운 대안을 제시해 주었다. 몇 주 동안
의 고민 끝에 편입 생각을 접고, 1학년 때보다 더욱 작곡
에 몰입했다.

고3 때
이렇게 했더라면?!

2학년 1학기 4월 초, 교직 이수 선발에서 아쉬움을 맞이하고는 4월 말까지 편입을 고민하다가 마음을 접고, 5월부터는 전공에 더욱 몰입했다. 교직 이수는 교육대학원에 가서 할 수도 있다는 걸 알고 있었지만, 그땐 교육대학원까지 가고 싶은 마음은 없었다. 대학원에서 교직 이수를 한 후 임용고시를 준비할 때 첫 시험에서 합격할 수 있을 거라는 확신도 없었고, 당시 대학교 2학년 21살 때에는 나이 30이 넘어서까지 임용고시를 준비하게 될 수도 있다는 것이 겁이 났다. 그래서 교육대학원은 절대 가지 않으리라 다짐하며 작곡을 더욱 깊이 있게 배우고자 노력했다. 전공 교수님에게 대위법과 작곡을 배우면서 고3 입시생 시절의 작곡은 수박 겉핥기였다는 것을 느낄 수 있었고, 작곡에 대한 초석을 잘 쌓아 나갈 수 있었다.

1학년 때 실망이 컸던 수요일 오후 연주 수업에서 드디어 내가 2학년으로서 곡을 발표할 수 있는 순간이 왔다. 당시 나는 바이올린 소나타를 작곡했고, 연주 한 달 전부터 연주자를 구하려고 피아노과와 관현악과를 오갔다. 바이올린은 관현악과 4학년 악장 언니한테 부탁했고, 피아노는 피아노과 2학년 중에 잘한다는 애한테 부탁했다. 바이올린은 악장 언니가 잘해 주었지만, 피아노는 내 곡이 어렵다며 연주 2주 전에 파투를 냈다. 결국 작곡과 동기 중 예고에서 피아노를 전공했던 친구한테 연주를 부탁했다. 고맙게도 그 친구가 열흘 동안 내 곡을 열심히 연습해서 악장 언니와 작곡과 친구의 연주로 수요일 오후 연주 수업에서 내 곡이 연주되었다.

작곡과 친구의 피아노 연주는 연습할 수 있는 시간이 많지 않아서 실수가 종종 있긴 했지만, 연주 일정이 얼마 남지 않은 상황에서 내 곡을 기꺼이 연주해 주겠다고 해 준 친구한테 너무 고마웠다. 그리고 바이올린은 악장 언니가 연주를 너무 잘해줘서 더할 나위 없이 만족했다. 그 연주로 작곡과를 비롯하여 음악대학에서 나의 존재를 드러낸 것 같아서 뿌듯하고 만족스러웠다. 후일 내 연주를 해주었던 바이올린 악장 언니에게, 많이 바빴을 텐데 왜 작곡과 2학년밖에 안 된 내가 연주를 부탁할 때 흔쾌히 응해줬는지 물어보니 내가 열심히 하는 게 눈에 보여서 연주해 주고 싶었다고 했다. 악장 언니가 나를 그렇게 봐줘서 음악대학의 다른 과에서도 인정받는 것 같아 뿌듯하고 기뻤다.

2학년 2학기 겨울방학 전, 다음 해 5월에 있을 음악대학 전체 연주의 오디션이 있었다. 그 오디션에 합격해 작곡과 대표 학생으로 참여하게 된 후 오케스트라 곡의 편곡에 전념했다. 3학년 1학기 5월에 드디어 음악대학 전체 연주회가 외부 큰 콘서트홀에서 열렸다. 이 연주는 음악대학의 각 과에서 한 명씩 오케스트라와 협연하는 거였는데, 나는 작곡과 대표로 참여한 것이어서 이 연주가 작곡에 더욱 자신감을 불어넣어 주는 계기가 되었다.

3학년 여름방학, 그 어느 때보다 집중했다. 작은 시간도 허투루 쓰지 않았다. 작곡 공모전을 준비했고, 공모 곡을 작곡하면서 여러 날 밤을 지새웠다. 한자리에 앉으면 악상이 떠오를 때까지 연필을 잡고 오선지를 봤는데, 그 시간이 길게는 8시간 동안 지속되었다. 물도 마시지 않았고, 화장실도 가지 않았다. 오로지 그 시간은 하나의 "음"에 몰입하는 시간이었다.

3학년 2학기 가을 어느 날 모르는 번호로 전화가 걸려왔다. 작곡 공모전에 제출한 합창곡이 본선에 오르게 되었다는 연락이었다. 작곡 공모전 본선에서 내 곡이 1500석 연주 홀에서 당당하게 연주될 때, 지난여름 수많은 날의 밤을 지새우며 작곡했던 순간이 떠올라서 가슴이 벅차오름과 동시에 황홀하고도 뜨겁고 뭉클했다.

큰 물에서
놀 뻔했네

3학년 2학기에는 작곡 공모전 본선 연주와 더불어, 크고 작은 여러 연주를 많이 했다. 그리고 새로운 경험도 하게 됐는데, 독일 한스아이슬러 국립 음대 작곡과에 재직 중인 독일인 교수님에게 개인 레슨을 받게 된 것이다.

나의 전공 레슨 선생님의 친구(작곡과로 출강하는 또 다른 선생님)의 친구가 바로 독일인 교수님이었다. 음악대학 전공자들은 보통 독일로 유학을 많이 갔다 오기 때문에 나의 전공 레슨 선생님을 비롯한 수많은 선생님은 독일 유학파였고, 그때 알게 된 인연이 계속 이어져 오는 것 같았다. 나의 전공 레슨 선생님의 제자와 선생님 친구(작곡과로 출강하는 또 다른 선생님)의 제자 중 열심히 하는 학생 한 명씩을 선별해서 독일인 교수님에게 직접 레슨 받을 수 있는 기회를 선생님들이 만들어주었다. 우선 독일인 교수님 레슨에 선발되었다는 것에 감사했고, 작곡과 선생님들에게 인정받는 것 같아서 기분이 매우 좋았다.

내가 쓴 곡 중 독일인 교수님에게 레슨 받을 곡을 선정하고, 그 곡 악보를 인쇄해서 제본하기까지, 준비하는 모든 과정이 설레었다. 제본한 악보를 가지고 독일인 교수님을 만나러 가니 그곳에는 레슨 받으러 온 우리에게 독일어를 동시통역해 줄 작곡과 선생님이 있었다. 레슨 받으러 온 학생은 나를 포함해서 총 3명이었고, 내 곡은 두 번째 순서로 레슨을 받게 되었다. 다른 학생의 곡을 레슨할 때도 옆에서 같이 레슨 내용을 듣게 되어서 많은 공부가 되었다. 특히 나의 곡을 레슨 받을 때, 내 생각이 너무 편협했다는 사실을 깨닫게 되었다. 사고가 확장되는 것 같은 느낌을 단 한 시간의 레슨으로도 경험할 수 있었다. 너무 좋은 레슨이었지만, 한국에 계속 머물러 있다면 나의 사고를 더 확장 시키는 게 힘들 수도 있겠다는 생각에 한편으로는 쓸쓸하기도 했다.

독일인 교수님의 레슨을 받은 후 전공 레슨 선생님을 만났는데, 그때 생각지 못한 말을 듣게 되었다. "진영아, 너 독일로 유학 갈래? 유학 가게 되면 훨씬 더 다양한 것을 경험할 수 있고, 충분히 너는 그럴 능력이 되는 거 같아."

선생님의 이 말을 듣기 전까지만 해도 유학은 너무 막연한 이상일 뿐이었는데, 선생님의 적극적인 뒷받침으로 인해 막연하기만 했던 유학이 어느 순간 현실이 되고 목표가 되었다.

이후 독일어를 배우면서 독일 한스 아이슬러 국립 음대에 입학하기 위한 절차 등을 자세히 알아보았다. 그 시간 동안 상당히 다양한 꿈을 꿨고, 그 꿈이 현실이 될 수도 있을 것 같다는 생각에 벅차올랐다. 하지만 그 달콤한 시간은 한 달쯤 되었을까…. 당시 리먼 브라더스 도산으로 세계 경제가 휘청거리게 되면서 아버지의 사업도 그 여파에 휩쓸리게 되어 독일 유학은 결국 물거품이 되고 말았다.

제2의 사춘기

3학년 2학기 겨울방학을 앞두고 독일 유학의 꿈이 날아가 버림과 동시에 한 달 뒤엔 4학년이 된다는 현실이 나를 짓눌렀다. 앞으로 무엇을 해야 할지, 졸업 후에 어떤 길을 가야 할지 막막했다. 대학교 입학 후부터 3년 동안 눈앞의 목표만 바라보며 정신없이 달렸고, 그 목표를 성취해 나가는 게 대학교 생활의 유일한 낙이자 버팀목이었는데, 4학년을 앞둔 나에겐 더 이상 목표가 생기지 않았다. 그저 막막함뿐이었다.

그러다 보니 자연스레 어린 시절부터 오늘날에 이르기까지의 시간을 되돌아보게 되었고, 초조함과 막막함이 어느새 두려움으로 바뀌어 하루하루 불안한 마음에서 헤어 나올 수 없었다. 4학년이 되고 졸업을 하게 되면 뭘 하고 살아가야 할지에 대한 불안감은 쉽사리 떨쳐내기 어려웠다.

불안은 어느새 우울이 되어 나를 옥죄어갔다. 내가 잘하는 것은 무엇인지, 앞으로 어떤 걸 해서 먹고살 수 있을지…. 그것에 대한 강박이 점점 심해지면서 나의 삶 전체가 불안과 우울로 둘러싸여 갔고, 혼자서는 도저히 벗어날 수 없었다. 그 여파로 4학년 1학기는 작곡 전공을 제외한 나머지 과목에서 학사 경고 직전의 점수를 간신히 받았다. 그 결과 여태까지 쌓아 올린 높은 평점이 우수수 내려갔지만, 그때의 나에게는 그것이 중요하지 않았다.

그러다 4학년 2학기가 되면서부터 갑자기 사람이 무섭게 느껴지기 시작했다. 친한 친구들의 눈을 바라보고 이야기하는 것도 무섭게 느껴져서 친구의 눈을 나도 모르게 자꾸 피하게 되었다. 이런 현상이 이상하다고 생각되었지만, 그저 괜찮아질 거라는 막연한 생각으로 하루하루를 버텼다. 그사이 11월이 왔고, 대학교 졸업 연주를 끝마치게 되었다. 졸업 연주 이후부터 사람을 두려워하는 게 더욱 극심해져 갔다. 하지만 이런 말을 아무에게도 할 수 없었다. 이런 내가 나약하게만 느껴졌다. 졸업 후 펼쳐질 인생에 대한 막막함이 사람의 눈을 피하는 문제도 잠식할 만큼 두려움이 이루 말할 수 없었다.

점점 '나는 왜 이런 몸인 걸까, 내 몸만 괜찮았으면 몸으로 뛰는 일이라도 할 수 있을 텐데…'라는 생각들로 가득 차게 되었다. 스스로를 나락으로 떨어뜨리는 생각들이 나를 장악해 버렸다. 그렇게 초등학교 6학년 때의 졸업과는 다르지만 어딘가 모르게 비슷한 것 같은 대학교 졸업을 하게 되었다.

◆

다시 만난
초등학교 6학년 담임 선생님

대학교 2학년이었던 21살의 어느 봄날, 학교 수업이 끝난 후 음료수 선물 세트를 사 들고 한 초등학교로 향했다. 그 학교는 다름 아닌 나의 초등학교 6학년 때의 담임 선생님이 근무하는 학교였다. 학교로 찾아가기 전, 이 선생님이 당시 어느 학교에서 근무하는지를 교육청에 전화로 먼저 문의했다. 그 선생님한테는 따로 연락을 하지 않고 그 선생님이 근무하는 학교로 찾아갔다.

그 선생님이 너무 보고 싶고 좋아서 음료수 선물 세트를 사 들고 찾아간 건 전혀 아니었다. 음료수는 그저 빈손으로 가는 건 예의가 아니라 생각해서 산 거였고, 선생님을 찾아간 건 성인이 된 내가 묻고 싶은 게 있어서였다.

학교에 도착한 후 복도에서 지나가는 선생님에게 "○○○ 선생님 찾아왔는데 어디로 가면 될까요?"라고 말하자, ○학년 ○반 교실로 가면 된다고 알려주었다. 교실로 걸어가는 내 발걸음은 긴장되지도 설레지도 않았다. 그저 이건 꼭 물어보고 싶다는 일념 하나만을 품고 한 발짝씩 걸어갔다. 교실 앞에 도착해 노크하고 교실 문을 열었다.

나: 안녕하세요, 선생님. 저 ○○초등학교 6학년
        2반이었던 모진영이에요. 기억나세요?
선생님: 응. 너무 반갑다. 당연히 기억하지.

당연히 기억한다는 그 말을 듣고 '당연히 기억해야지. 기억 못 하면 안 되지'라는 생각이 들었지만 내색하지 않고 밝게 웃어 보였다.

나: 선생님, 저 이제 대학생이에요.
선생님: 벌써 그렇게 되었구나. 전공이 뭐야?
나: 작곡이요.

선생님: 정말? 우리 학교에 음악대학에서 작곡 전공
　　　　한 선생님이 계셔. 요즘은 그렇게 안 되는데
　　　　옛날에는 초등학교 교사가 많이 없어서 한동
　　　　안 교육대학교가 아닌 타 대학교 졸업한 사람
　　　　들도 초등학교 임용고시를 볼 수 있었어. 잠시
　　　　만 기다려봐. 내가 그 선생님 데리고 올게.

　나는 '뭐지? 내가 궁금해하지도 않았는데 왜 갑자기
다른 사람 데리고 온다면서 자리를 뜨는 거지? 나는 그
게 궁금하지 않은데…. 내가 궁금한 건 따로 있는데…. 다
른 사람 오게 되면 내가 여태까지 궁금했던 거 말 못 하잖
아…'라는 생각이 들었다.

선생님: 인사해, 진영아. 너랑 같은 전공하신 선생님이
　　　　야.
나:　　안녕하세요.

　본의 아니게 작곡을 전공한 선생님과 나 그리고 초등
학교 6학년 담임 선생님 이렇게 세 명이 같이 이야기하게

되었고, 작곡을 전공한 선생님이 나가고 난 후 본격적으로 내가 묻고 싶은 말을 담임 선생님한테 하려고 했다. 그런데, 그 순간 선생님은 갑자기 집에 전화해야 한다며 교실 밖 복도에 나갔다 들어오더니 갑자기 집에 가봐야 한다며 택시를 잡아주겠다고 같이 나가자 말했다. 나는 택시는 괜찮다고, 알아서 가겠다고 했지만, 그 선생님은 기어이 콜택시까지 불러서는 나를 택시에 태웠다. 결국 그 선생님에게 정말 하고 싶었던 말을 할 수 없었다.

"선생님, 제가 6학년이었을 때 같은 반 애들이 저 괴롭히고 놀리고 때렸던 거 다 보셨잖아요. 다 아셨잖아요. 그리고 2학기에는 저희 엄마도 학교에 가서 선생님한테 애들이 진영이 괴롭힌다고 이야기했는데, 왜 그 이후에도 선생님은 애들 안 말리셨어요? 왜 그러셨어요? 그때는 너무 어려서 몰랐는데, 성인이 되고 6학년 때가 생각날 때마다 제일 이해가 안 됐던 게 선생님이었어요. 왜 그러신 거예요?"

이렇게 말하고 싶었는데, 하지 못했다. 한동안 그 말을 하지 못한 게 억울하고 분했지만, 시간이 흘러 나이 서른이 넘으면서는 그 말을 하지 못한 것이 더 이상 분하거나 억울하진 않다. 그저 '나는 절대 그 선생님처럼 방관하지 않겠다!'라고 생각할 뿐이다.

◆

26살의 진영이가
8살의 진영이에게

어렸을 때 부모님은 나의 모습이 담긴 사진을 많이 찍어주셨고, 사진을 인화해서 앨범에 넣어 주셨다. 앨범에서 사진을 볼 때마다 마음에 들지 않는 사진이 두 장 있었다. 그 사진은 초등학교 1학년 운동회 때 체조하는 모습과 엄마랑 내가 같이 서 있는 모습의 사진이었다. 초등학교 저학년일 때는 '내가 이런 모습인가? 나는 이런 모습일 줄 몰랐는데?'라는 생각이 들었다. 중고등학교에 다닐 때는 '이런 모습은 기억하고 싶지 않아. 나는 이제 이렇게까지 이상한 모습이 아니야'라며 스스로를 부정했다. 그리고 대학생일 때는 '이때 이런 모습만 아니었어도…'라며 끊임없이 사진 두 장에 찍혀있는 나의 모습을 받아들이지 않고 비난해 왔다. 그러다 언제인지 잘 기억이 나지 않는 때에 어렸을 적 모습이 너무 보기 싫어서 사진을 마구 구겼다. 그리고 그 사진을 버리려고 했는데, 차마 버리진 못하겠어서 구긴 사진을 앨범 제일 뒤쪽에 꽂아 두었다. 그러다 또 언제인지 기억이 안 나지만, 결국 그 사진을 내 손으로 갈기갈기 찢어 쓰레기통에 버렸다.

쓰레기통에 버리면 더 이상 심하게 불편했던 나의 모습이 생각나지 않을 줄 알았다. 그 모습을 잊는 것에서 더 나아가 통째로 버리고 싶었다. 그런데 시간이 지날수록 쓰레기통에 버렸던 사진의 모습이 더욱 선명히 기억났다. 왜 기억이 더욱 선명한 건지 사진을 버린 지 오랜 시간이 지난 후에야 깨닫게 되었다. 나의 어린 시절도 나였고, 지금의 나와 앞으로의 나도 나이기 때문이었다. 또한 그 사진을 버린 게 시간이 지날수록 후회가 되었다. 어렸을 때 얼마나 몸이 불편했는지, 그 몸으로도 학교 체육복을 입고 다른 학생들과 같이 어울려서 체조했던 게 얼마나 자랑스러웠던 건지 다시금 되새겨 볼 수 있는 귀한 사진이었는데…. 그걸 구기고 결국엔 찢어 버려 버린 것이 스스로에게 너무 미안해졌다.

그래서 2014년의 어느 날, 성인의 내가 여덟 살의 나에게 용서를 구하는 마음으로 편지를 써 내려갔다. 아래는 그 편지의 전문이다.

———————— ◆ ————————

사진이 들어있는 앨범을 생각하면, 그리고 옛날 사진에 관한 이야기를 듣게 되면 나는 옛날에 찍힌 사진들이 생각난다. 그럴 때마다 한편으로는 마음이 무거워진다. 사진 두 장을 찢어버렸다. 언제 버렸는지 정확히 기억나지 않지만, 아마 몇 년 전에 버렸던 것 같다. 이보다 더 예전에 버린 건지는 확실하지 않다. 하지만 분명히 기억나는 건 사진을 바로 그 자리에서 쉽게 찢어 버리진 않았다는 것이다.

중학교에 다닐 때부터 가끔 앨범을 보면서 그 사진 두 장이 거슬렸다. 그래도 차마 버리진 못하고 찜찜한 마음으로 앨범을 닫았다. 그러다 고등학교에 다닐 때는 그 사진 두 장이 보기 싫어서 마구 구겼다. 그런데 차마 찢진 못하고 구긴 사진을 앨범 제일 뒤에 넣어뒀다. 그리고 몇 년이 지나서 앨범 사진을 정리하고 다른 앨범으로 사진을 옮기면서 그 사진 두 장을 결국 찢어버렸다.

그때는 이렇게 후회되고 마음이 무거워질 줄 몰랐다. '다 털어내자, 이젠 이렇게까지는 보이지 않잖아.' 이런 마음이었다. 그래도 마음에 찔리는 부분이 없진 않았지만, 그 마음은 무시했었다. 그런데 요즘 특히 올해 들어서 그 사진 두 장이 없는 게, 내가 찢어 버렸다는 게 너무 후회되고 마음이 짠해진다.

초등학교 1학년 운동회에서 체조하던 모습이 찍힌 사진이었는데, 내 몸이 한쪽으로 많이 기울어져 있었고, 입도 삐뚤고, 얼굴은 몸의 방향과 반대 방향으로 향해 있었다. 그리고 나의 손과 팔은 이상하게 꺾인 모습으로 찍혀 있었다. 다른 한 장의 사진에서는 운동회 중간에 엄마랑 내가 같이 서 있는 모습이 찍힌 사진이었는데, 엄마가 왼쪽에 나는 엄마의 오른쪽에 서 있었다. 그때 사진에 찍힌 나의 모습도 몸이 한쪽으로 많이 기울어져 있었고, 얼굴은 몸의 방향과 반대 방향으로 향해 있었고, 표정은 일그러져 있었다. 예전에는 이런 내 모습을 받아들이지 못했고, 부정하고 싶었다. 아이들이 이런 나의 모습을 싫어하니까 나도 내가 그런 모습인 게 싫었다. 내 눈에 보이는 불편하지 않은 사람들의 모습과 같아 보이고 싶었다.

그런데 사진이 없어지고 지금에서야 나의 모습을 받아들이고 인정하게 되면서 이게 나쁜 것이 아님을, 이게 잘못이 아님을 스스로 느끼게 됐는데 그 사진은 이제 존재하지 않는다. 내 어린 시절의 귀한 모습인데…. 그렇게 불편한 모습에서 지금에 이르기까지의 모습을 확인하고 추억해 볼 수 있는 참 귀한 사진인데…. 그걸 내가 스스로 찢어 버렸다.

사진을 찢어 버리는 그 순간은 홀가분한 마음도 들었지만, 거의 십 년 가까이 그 사진을 보며 내 모습을 부정하고, 그러다 안 돼서 악을 쓰며 사진을 구기고…. 그걸 차마 바로 버리지 못하고 다시 앨범에 넣어 두었던 내 어린 시절의 마음은 얼마나 힘들었을까…. 지금 마음이 너무 저며온다. 가끔 앨범을 보게 되면 이렇게 마음이 아픈데, 언젠가는 이런 생각조차 잊게 될까 봐, 사진도 없어졌는데 나의 기억마저도 서서히 흐려질까 봐 초조해지는 오늘 하루였다. 그래서 생각나는 대로 바로 써야겠다는 생각이 들어서 글씨도 엉망이다. 이렇게라도 써서 앨범에 보관해야 내가 한 행동이 여덟 살의 나에게, 지금의 나에게, 그리고 앞으로의 나에게 용서받을 수 있을 것 같다는 생각을 감히 해 본다.

미안하다. 십수 년 동안 여덟 살의 내 모습을 인정하지 않고, 부끄러워했던 게, 싫어했던 게, 참 미안하다.

진영아 미안해, 지금에서야 그때를 생각해 보니 여덟 살의 진영이가 그 상황에서 얼마나 최선을 다했는지, 이제야 그때를 되돌아보게 되네. 제대로 말이야. 그때 정말 최선을 다해서 체조했어. 팔이 다 올라가지 않아도 힘내서…. 그때 달리기도 꼴찌하고 체조하는 것도 남들과 다른 모습이었지만, 많은 사람이 수군거리고 이상하게 바라봤지만, 그래도 운동회 포기하지 않고 끝까지 참여해 줘서 고맙고 정말 대견해. 진영아 미안해, 그리고 정말 고맙다.

— 2014. 06. 22. 일. 새벽 1시.

3부

5년

치열했던
다사다난했던

무서운 걸
들키진 않겠어

작곡과 2년 선배의 소개로 초등학교 피아노 방과후수업을 하게 되었다. 학교와 내가 직접 계약한 게 아니라 방과후수업 사업장에 내가 직원으로 들어가게 된 셈이었고, 업체 사장과 수업 일주일 전쯤 카페에서 처음 만나게 되었다.

내가 먼저 카페에 도착해서 사장을 기다렸고, 얼마 지나지 않아 사장이 도착했다. 나한테 커피를 주문했냐고 물어 주문했다고 말하니 그 영수증을 달라고 했다. 내가 주문한 커피 영수증으로 주차비를 정산하면 되겠다고 하며 본인 커피는 안 시켜도 되겠다고 말하길래 좋은 느낌은 들지 않았다.

월급으로 이야기가 넘어갔는데, 사장은 하루에 5시간 씩 수업하고 한 달에 65만 원을 주겠다고 했다. 월급을 조금 더 올려달라고 이야기했지만, 사장은 다른 피아노 학원에 가도 이 정도만 받는다고 했다. 방과후수업에 학생들이 신청을 더 많이 하게 되면 월급을 올려 주겠다길래 좀 찜찜했지만 결국 동의했다.

집에서 방과후수업을 하는 초등학교까지 두 번 환승해야 하고, 편도로 1시간 30분 걸렸지만, 열심히 해 보려고 했다. 그런 마음과는 다르게 학원 학생들을 어떻게 대해야 하는지 막막했다. 개인 레슨만 해 봤고 피아노 학원에서 일해 본 경험은 없었기에 이삼십 명의 학생들이 한꺼번에 몰려올 때 난감했다. 그리고 대학교 졸업 전부터 사람이 무서워서 눈을 피해왔던 것이 방과후수업을 할 때도 나타나서, 내가 더욱 작아지는 것처럼 느껴졌다. 그럴 때면 어디를 응시해야 나의 한없이 작아진 모습을 들키지 않을까 찾고 있었다.

두 달여간의 시간이 지날 때까지 나의 작아진 모습을

들키지 않기 위해 고군분투했고, 그 와중에도 정말 최선을 다해서 수업에 임했다. 나의 진심이 통한 건지 다음 분기 때 학생들이 십여 명 더 수업을 신청해서 나의 피아노 방과후수업에 참여하는 학생이 칠십 명을 넘어섰다. 피아노 레슨뿐만 아니라 매달 출석, 정산 등의 부수적인 일이 더 있었는데, 이를 지켜본 학교 방과후 담당 실무원이 나에게 월급을 물어봤다. 한 달에 65만 원을 받는다고 말하자, 실무원은 이렇게 학생이 많고 하는 일이 많은데 월급이 최저임금과 얼마 차이 나지 않는 것은 너무 가혹한 것 같다며 사장에게 월급을 더 올려달라는 요청을 해 보라고 언질을 줬다.

얼마 후 일과 관련해 사장과 통화를 하다가 월급 이야기를 꺼내니 사장은 그다지 달갑지 않은 티를 냈지만, 그에 굴하지 않고 계속 주장을 했고 사장은 본색을 드러냈다. 사실 학부모들이 피아노 선생님이 좀 이상하다, 장애가 있는 것 같다는 민원을 제기했음에도 그 말을 나에게 전달하지 않았는데 거기다 월급까지 올려 달라는 건 어불성설이라는 것이었다. "그래도 학생이 늘었고, 제가 도레미를 미파솔이라고 가르친 건 아니잖아요"라며 반박하자 사장은 월급 5만 원을 더 올려 주겠다고 했다. 5만 원…. 쏩쏠했다.

그렇게 여름이 가고, 가을이 오면서 새로운 것에 도전하고 싶어졌다.

새로운 도전

유학이 무산된 후 작곡 전공으로 대학원을 가는 건 많이 생각해 봤지만, 교직 이수를 위해서 교육대학원에 가는 건 생각해 보지 않았고, 전혀 계획에 없었다. 오히려 부정적으로 생각해 왔었다. 그런데 방과후수업을 하면서 학교가 좋아졌고, 그곳에서 학생들과 만나는 게 즐거웠다. 그러다 나의 새로운 미래에 대해서 깊게 생각해 보게 되었고, 교육대학원에 가야겠다는 결심이 섰다.

9월 초, 방과후 업체 사장에게 이번 달까지만 일하겠다는 뜻을 전하자, 학생들이 많이 늘어서 월급도 더 올려 줬는데 올해까지 같이 해 주면 안 되겠냐며 나를 붙잡았다. 하지만 대학원 입학이라는 목표가 생긴 이상 일을 더 할 이유는 없었다. 그래서 사장한테 9월 말까지면 사람 구할 시간은 충분한 것 같다고 말하자 사장도 알겠다며 사람을 구해보겠다고 했다. 다행히 그 전에 나의 후임이 구해져서 깔끔하게 나의 방과후수업이 끝났다.

10월부터 독서실에 등록해서 온종일 대학원 입학시험을 준비했다. 입학시험 내용은 서양음악사였다. 대학교 3학년 수업 중 서양음악사 수업은 1년 동안 들어야 하는 작곡과 필수 수업이라서 심도 있게 배울 수 있었는데, 그 수업이 참 싫었다. 이천 년 전 음악이 어떻게 시작되었고, 어떤 식으로 발전이 되었으며, 현대에 이르기까지 많은 변화를 겪은 서양음악사를 왜 그땐 그리도 하기 싫던지…. 그래서 서양음악사 시험을 칠 때 시험지에 장문의 편지로 답안을 대신했던 게 대학원 입학시험을 준비하면서는 후회가 되었다. 물론 대학교 3학년 때 작곡 공모전, 콩쿠르, 그리고 크고 작은 음악회를 준비했던 건 자랑스러운 기억으로 남았지만, 서양음악사에 대한 아쉬움도 함께 공존했다.

이제 더 이상 대학교 3학년 때의 서양음악사 실력에 머물러 있으면 안 되는 상황이 왔기에 관련 전공서적 두 권을 나만의 방식으로 단권화하면서 공부해 나갔다.

막연하게만 느껴졌던 서양음악사 공부는 어느 순간 탄력이 붙으면서 이천 년 서양음악사의 흐름에 대해 전반적인 정리를 할 수 있었다. 손으로 글씨를 쓰는 게 불편해 시험을 칠 때 장문으로 답안을 써 내려가는 게 힘들었지만, 대학원 입학시험 당일 시험지를 받고서 굉장히 세밀하게 정돈해서 답안을 써 내려간 기억이 아직도 생생하다. 결국 우수 장학생으로 대학원에 입학하게 되면서 노력이 헛되지 않게 되었음에 안도했다.

늪에서의 아우성

2012년 11월 즈음부터는 제일 친한 친구의 눈을 피하기 시작했다. 그 친구가 가끔 내가 공부하는 독서실 건물 1층으로 찾아올 때면 나도 잠시 쉴 겸 근처 카페에 가서 이야기를 나눴는데, 그때 그 친구의 눈을 쳐다볼 수 없었다. 계속 그 친구의 눈보다는 테이블이나 다른 곳을 쳐다보면서 이야기했고, 이런 현상이 굉장히 낯설고 한편으로는 두려웠다.

이 현상은 그 친구를 시작으로 마트에서 계산하는 점원에게까지 이어졌다. 대학원 입학시험을 준비하던 때라 일단 이 시험을 다 치르고 이 현상에 대해 다시 생각해 보려고 했다. 그때의 나는 사람들의 눈을 피하고 새로운 사람을 만나게 되면 나도 모르게 손에 땀이 나고 긴장되는 현상을 그저 모른 척하고 싶었다. 시간이 지나면서 자연스레 이런 현상이 사라지길 바라며 하루하루 긴장하며 보냈다. 그렇게 2013년에 대학원생이 되었다.

대학원 입학 후 첫 수업 시간에 강의실로 들어섰다. 대학교 입시 레슨을 같이 받던 친구가 이 대학원에 일 년 먼저 입학해서 음악과 조교를 하고 있었다. 반가운 마음에 그 친구를 보고 인사했지만, 친구는 인사를 받지 않고 모른 척 돌아섰다. 대학교 입시 레슨을 받던 시절에도 어느 순간부터 나에게 데면데면해서 다른 친구들이 진영이한테 왜 그러냐며 핀잔을 주기도 했지만, 그 친구는 달라지지 않았다. 그러다 어느 순간 본인이 나에게 했던 행동이 기억나지 않는 것처럼 아무렇지도 않게 다시 친근하게 나를 대하기도 했었다. 대학원에서도 그 친구가 나를 투명 인간 취급하는 모습을 보면서 내 마음은 더욱 힘들어졌다.

한번은 대학원 학생증을 받으러 음악과 사무실로 갔는데, 조교인 그 친구는 나에게 학생증을 줄 때 내 얼굴을 쳐다보지 않으려고 책상 밑에 고개를 숙이고 팔만 뻗어

학생증을 건넸다. 굉장히 멸시받는 느낌이 들었지만, 아무 말도 하지 못했다.

대학원 동기 중 대부분은 대학생 때부터 가깝게 지내 온 친구들끼리 집단 무리가 이미 형성되어 있어서 그 무리에 같이 어울리는 게 쉽지 않았다. 그러다 보니 혼자서 계속 학교에 다니는 게 많이 외로웠고, 초등학교 6학년 때 따돌림당했던 기억이 대학원을 다니면서 다시 내 몸과 정신을 에워쌌다. 그 기억으로부터 끊임없이 탈출해 보려 했지만, 혼자서는 역부족이었다. 점점 위축되면서 장학생으로 대학원에 입학한 영광은 온데간데없이 어느 순간부터는 대학원 수업을 들으러 갈 때마다 도살장에 끌려가는 것 같았다.

이명이 그때부터 시작되었다. 여느 때처럼 긴 책상에 혼자 앉아서 수업을 듣고 있는데, 굉장히 날카롭고 시끄러운 '삐' 소리가 귀 안쪽을 때렸다. 이렇게 시끄러운데 왜 아무도 이 소리에 대해서 말이 없는 걸까 의문을 가지다 이내 깨닫게 되었다. 나한테만 들리는 이명이라는 것을. 그럴 때마다 '6학년 때는 놀림당하고 맞기까지 했는데 지금은 나를 놀리지도 때리지도 않잖아. 그럼 괜찮은 거야…'

라고 애써 자신을 위로하며 대학원 생활을 꾸역꾸역 이어

나갔다.

공장

대학교를 다니는 4년 동안 아르바이트를 하지 않았다. 집에서 학교까지 통학 거리가 왕복 4시간이 걸렸고, 방학이면 콩쿠르와 작곡 공모전을 준비하느라 아르바이트할 시간이 없었다. 부모님은 아르바이트할 생각은 하지 말고, 그 시간에 열심히 전공에 집중해서 장학금을 받는 게 아르바이트하는 것보다 더 나은 거라고 해서 4년 전체 학기 장학금을 받으며 대학을 다녔다.

그런데 대학원생이 되면서부터는 아르바이트를 구할 수밖에 없었다. 대학원생인데도 부모님의 도움을 받는다는 건 민망하게 느껴져서 어떻게든 아르바이트를 구해보려고 아우성쳤다. 일주일 중 대학원 수업이 오전 오후 다 있는 날이 며칠 되다 보니 나의 일정에 구애받지 않는 아르바이트를 찾기란 여간 어려운 일이 아니었다. 대학원 입학 전의 방과후수업으로 번 돈도 점점 바닥을 향해갔지만, 학교 식당에서 점심 사 먹을 돈을 부모님에게 부탁하는 게 죄송스러웠다(그 당시 학교 식당 한 끼 비용은 2,500원 정도). 그래서 오전과 오후 수업이 다 있는 날, 또는 오후와 저녁 수업이 다 있는 날에는 학교 가기 전 집에서 미리 간단하게 도시락을 싸 갔다. 도시락이라고 표현하기도 민망하지만, 조미김에 밥 한 숟가락씩 싼 걸 열 개 정도 만들어 갔다.

그런데 도시락을 어디서 먹어야 좋은지 또 다른 문제에 봉착하게 되었다. 학생 식당에서 먹기엔 괜히 눈치 보이고, 화장실에서 먹는 건 너무 싫고, 그러다 생각난 곳이 음악대학 연습실이었다. 그래서 졸업할 때까지 음악대학 연습실에서 조미김에 밥 한 숟가락씩 싼 도시락을 혼자서 자주 먹었다.

하루는 인력시장 비슷한 곳에서 모집하는 야간 단기 아르바이트를 하기도 했다. 저녁 8시부터 아침 8시까지

12시간 동안 하는 일이었다. 스마트폰 부속 기자재를 만드는 공장이었는데, 뜨거운 불에서 갓 나온 철판을 자르는 일이라 조금만 해도 몸이 심하게 뜨거워졌다. 철판을 자를 때 손에 힘을 많이 줘야 하는데 나는 몸의 왼쪽이 불편해서 힘을 많이 주려고 해도 결과물로 나오는 게 다른 사람들보다 아주 느렸다. 이런 나를 못마땅하게 지켜봤던 공장 남자 직원들이 핀잔을 주곤 했지만, 그에 상처받지 않고 할 수 있는 최선을 다해서 하고자 노력했다.

물론 공장으로서는 일의 능률이 낮은 사람한테 좋은 감정이 들진 않겠지만 한 소리 들을 때마다 속상하고 서글펐다. 끊임없이 지적받은 지 12시간이 흘러서 아침 8시가 되자 나는 집에 갈 준비를 하고 있는데, 새벽에 뭐라고 꾸짖었던 남자 직원 중 한 명이 나한테 왔다. 그 사람은 다른 사람들보다 내가 결과적으로 보면 일을 적게 한 거니까 2층 높이 정도 되는 기계 안에 혼자 들어가서 쇠 파편과 쇠 찌꺼기를 자루에 담으라고 했다.

마지막으로 나에게 주어진 일을 하려고 기계 안으로 들어갔는데, 새벽에 서서 일할 때 느껴진 뜨거움은 약과에 불과할 만큼 기계 안은 너무 뜨거웠고 숨을 쉬기도 버거운 곳이었다. 그래도 해야 한다 생각하며 열심히 쇠 파편과 쇠 찌꺼기를 쓸어서 자루에 담고 있는데 갑자기 마음이 먹먹해지더니 이내 눈물이 나기 시작했다. 만만치 않은 대학원 생활과 경제적 힘듦, 산재한 여러 문제들이 한꺼번에 머릿속에 스치면서 얼굴은 금세 땀과 눈물, 그리고 쇠 찌꺼기에서 나온 검은 먼지들로 뒤범벅되었다. 그날 일당 10만 원은 참 눈물겨웠다.

한 걸음
또 한 걸음

　돌이켜 생각해 보면 대학원 생활 동안 나를 버틸 수 있게 해 준 상황이 각 학기마다 있었던 것 같다. 대학원 2학기부터 졸업 후 임용고시에 합격할 때까지 나의 마음을 헤아려 주고 항상 힘이 되어 주었던 (다음 소제목에 소개되는) 박경희 선생님, 한 학기 동안이었지만 세상을 조금 더 넓고 다른 관점으로 볼 수 있도록 제시해 주었던 물리교육과 교직원 선생님과의 만남, 그리고 합창단 생활이다.

　초등학교 동창 중 유일하게 연락이 닿았던 친구가 있다. 그 친구는 초등학교 4학년 때 같은 반이었는데, 내가 불편한 모습을 보여도 그것에 개의치 않고 나를 다른 친구들과 똑같이 대해 주었다. 그러다 중고등학교를 서로 다른 학교로 진학하게 되면서 한동안 못 보게 되었는데, 대학생 때 지하철 환승구간에서 우연히 마주치면서 연락처를 서로 주고받은 후부터 다시 만날 수 있게 되었다.

당시 사는 곳도 서로 가까워서 우리는 가끔 만났고, 어느 날 그 친구가 활동하고 있는 합창단에 대해서 이야기를 듣게 되었다. 대학생 때부터 합창곡에 대해 관심이 많았던지라 합창단 활동을 하고 싶은 마음이 솟아올랐다. 친구의 소개로 활동하게 되었던 합창단은 〈필그림쥬빌리싱어즈〉라는 합창단으로 지금도 명맥을 유지하고 있는 합창단이다.

합창단 연습은 매주 월요일 저녁에 있었는데, 거의 2년 정도 활동하다가 대학원 마지막 해인 2015년이 오기 전 교생실습과 졸업논문 그리고 임용고시 준비로 인해 그만두었다. 대학원 입학 전부터 다른 사람의 눈을 보면서 대화하는 것을 두려워하는 현상이 있었던 것을 합창단이라는 새로운 환경을 통해 극복하고 싶어졌다. 새로운 사람들을 만나고 어울려 생활하고 적응하다 보면 사람에 대한 두려움을 조금씩 극복할 수 있지 않을까, 라는 일말의 희망과 절실함을 가지며 매주 합창단 연습에 참여했다.

그러기를 반년쯤 지나서부터는 친한 친구의 눈을 마주 보고 대화하는 게 불편하지 않게 되었고, 새로움을 접할 때면 먼저 피하기보다는 호기심으로 다가가게 되었다. 그래서 자연스레 합창단 연습이 있는 매주 월요일 저녁이 기다려졌고, 합창단 연습을 하는 동안만이라도 나를 둘러싸고 있는 여러 힘든 것들로부터 잠시나마 해방될 수 있었다. 그리고 발성하는 방법과 지휘법, 명곡들을 많이 접하고 배웠다. 지금도 합창단 활동을 했던 2년 남짓한 시간은 정말 감사한 시간으로 기억된다.

합창단에 입단한 그해 겨울에 합창단 정기연주회를 하게 되었다. 작곡가로서 크고 작은 무대에 몇 번 서 본 적이 있지만, 노래를 부르는 합창 단원으로서 무대에 서는 것은 그때가 처음이라서 연주회를 본격적으로 준비하는 몇 달 동안 연주회 날이 하루씩 다가올수록 긴장감이 감돌았다.

노래를 직접 부르는 무대에는 한 번도 서 본 적이 없었는데 천여 명의 관객들 앞에서 한 시간 반 동안 노래 부르고 춤을 춘다는 게 긴장되는 것 이상으로 떨리고 두려웠다. 하지만 이 두려움을 꼭 이겨내고 싶었다. 합창단 정기

연주회 무대에 서는 것을 시작으로 나의 내면에 존재하던 두려움을 하나씩 벗어던질 수 있을 것 같았기 때문이다.

합창단원들과 같이 안무를 연습할 때 내 몸이 불편해서 안무하는 동작이 부자연스럽게 보여도 연주 당일까지는 더욱 자연스러워질 수 있도록 노력하겠다는 말을 꼭 하고 싶었다. 합창단 연습 가기 며칠 전부터 연습하고 또 연습해서 연습 당일 합창단원들한테 용기 내서 말하니 그제야 나의 부자연스러운 안무 동작들에 대한 무거운 부담감에서 조금은 내려올 수 있었다.

매일 집에서 거울을 보면서 안무 동작을 천천히 하나씩 연습한 끝에 합창단 정기연주회는 무사히 잘 끝났다. 이후 연주를 촬영한 CD 영상 속에서의 나의 모습을 보니 우려하고 염려했던 것처럼 무척 불편하게 보이진 않았다. 그 벅차고 뜨거운 전율이 들끓었던 느낌은 십 년이 지난 지금도 아직 생생하게 느껴진다.

이 글을 쓰면서 잊고 있었던 일이 기억났는데, 당시 합창단 회비가 한 달에 2만 원이었다. 그런데 합창단에서는 일하지 않고 학교만 다니는 학생한테는 회비를 받지 않는다고 해서, 감사하게도 한 번도 회비를 낸 적이 없었다. 지금 생각해 보니 갑자기 면목이 없어지고 그저 감사하다. 대구에 길게 머무르는 기간이 온다면, 합창단 연습 시간에 맞춰서 꼭 다시 찾아 인사해야겠다는 다짐을 부끄럽게도 이제야 해 본다.

조교

5월에 공장 아르바이트 일당으로 받은 10만 원으로 6월 1학기 종강할 때까지 버텨보려고 정말 돈을 아껴 썼다. 2학기가 시작되기 전쯤 경북대학교 홈페이지에서 물리교육과 조교를 모집한다는 공고를 보게 되었는데, 월급은 한 달에 30만 원이고, 일주일 중 이틀만 나가면 되는 거였다. 근무 시간은 오전 9시부터 오후 6시까지였고, 근무 시간 중 내 수업이 있을 때는 수업을 들으러 가면 되는 시스템이라서 학업에 큰 무리가 없다고 생각하여 지원했다.

사실 교통비와 식비라도 벌고자 지원했지만, 막상 면접 볼 때는 대학원생으로 한 번쯤은 조교 생활을 꼭 해 보고 싶어서 지원하게 되었다고 말했다. 물론 실제로 그렇기도 했다.

2013년 9월 첫째 주에 물리교육과 사무실로 첫 출근을 했다. 조교 면접 때 만났던 물리교육과 교직원 선생님과 사무실을 같이 쓰게 되었고, 나의 할 일은 교직원 선생님이 시키는 일을 돕는 것이었다. 학과 사무실에 내 책상이 있는 걸 보고 순간 사무직 직원이 된 것 같은 느낌도 들었다.

교직원 선생님은 나한테 삶에 대한 좋은 이야기를 많이 해 줬는데, 그중 '화가 나면 그 화를 바로 다 표출하기보다는 반만 드러내고 나머지 반은 다음날 다시 생각해서 마저 드러내든지 아니면 드러내지 말든지 결정하라'라는 말이 인상 깊어서 지금까지도 기억하고 있다. 순간적인 감정에 치우쳐서 모든 화를 다 쏟아부으면, 다음 날 이성을 되찾고 다시 생각했을 때 어제 내가 왜 그랬을까 하고 후회가 생길 수도 있기 때문이라고 했다. 내가 조교를 하면서 화를 낼 일도 없었지만, 다시 생각해 보면 그 말은 인생을 살면서 감정을 다 드러내지 말라는 의미로도 느껴졌다.

사무실에서 일을 도울 때도 교직원 선생님은 실질적으로 도움이 되는 말을 해 주었다. 나중에 학교에서 교사로 근무하게 되면 서류들이 많이 쌓일 건데 대충 정리하면 책상이 지저분해 보이고 서류 찾기도 힘들어지니 지금부터 미리 습관을 들인다 생각하면서 서류 정리를 깔끔하게 해 보라고 했다. 그리고 다른 사람이 부재중이라서 전화를 당겨 받을 때는 항상 누가 어디에서 언제 어디로 연락해야 하는지까지 메모해서 전달하라고 알려주었다. 이 또한 교사로 근무할 때 도움이 될 거라고 했는데, 학교로 발령받은 후 실제로 메모를 정확히 하는 습관이 도움 되어서 한 번씩 교직원 선생님이 생각날 때가 있다.

조교를 하는 날 학생 식당에서 점심을 먹을 때면 항상 교직원 선생님은 나의 밥까지 사 주었다. 나는 계속 얻어먹기가 미안해서 한 번은 내가 사려고 하자, 지금은 학생이니까 살 생각 하지 마라, 라고 하며 한사코 거절했다. 그렇게 한 학기 동안의 조교 생활은 잘 마무리했고, 교사 발령받은 그해 여름방학 때 경북대학교로 찾아가서 교직원 선생님을 만나 감사 인사를 했다.

지금도 조교 시절이 이따금 생각나면 좋은 어른을 알

게 된 것에 마음이 따뜻해진다.

한동안의 트라우마,
버스

　여느 때처럼 대학원 수업을 끝마치고 밤 9시에 학교 앞 버스 정류장에서 버스를 탔다. 겨울이라 상당히 추웠고, 너나 할 것 없이 다들 두꺼운 외투로 몸을 감쌌다. 그래서인지 그 느낌을 한참 뒤에서야 알게 되었다. 어쩌면 여름이었어도 그때의 나였다면 혼자 계속 참다가 한참 지나서야 몸을 피했을지도 모르겠다.

　경북대학교 북문 앞 버스 정류장은 언제나 학생들로 북적였다. 아무리 텅텅 빈 버스가 와도 길게 줄로 늘어선 사람들을 다 태우면 버스 안은 가득 찼다. 나도 그 무리에 껴서 버스를 탔고, 그날도 앉을 순 없었다. 그래도 의자 바로 앞에 서서, 의자 손잡이를 잡을 수 있음에 안도했다.

하지만 안도감은 다음 정류장부터 두려움으로 변했다. 다음 정류장에서도 수많은 사람이 버스에 탑승했고, 그중 한 중년 남자가 내가 서 있는 바로 뒤에 섰다. 만차가 된 버스는 여느 때와 다름없었고 오늘도 이렇게 사람들에 끼어서 가겠구나 한숨 쉬던 그때, 나의 엉덩이 부근에 이상한 감촉이 느껴졌다. 사람이 너무 많아서 그런 거라고 처음엔 생각했다. 하지만 그건 사람이 많아서 이상한 느낌이 드는 게 아니었다. 불편함을 감지하고 사람들 사이에서 피하려고 애썼지만, 나의 뒤에 서 있는 남자는 뒤에서 더욱 나쁜 짓을 서슴없이 저질렀다.

나중에는 정말 대놓고 자신의 몸을 내 엉덩이에 사정없이 비벼댔다. 매우 저질스럽고 음산하며 울분이 폭발할 것만 같았다. 하지만 그 울분은 나의 내면에서만 폭발했고, 차마 입 밖으로 나오지 못했다. 더 이상 참기 싫었고 더러운 느낌이 내면 깊숙이까지 스며들었지만, 30분 동안 아무 말도 하지 못했다. 결국 중간에 버스에서 내렸다. 스물다섯 살 12월 중순이었다. 대학원에 입학한 지 1년, 그 끝이 이렇게 더러운 느낌으로 마무리되는 건가, 라는 생각이 들었다. 차라리 집 가까운 학교로 갈 걸, 학비 때문에 시험까지 쳐서 국립대 온 건데 괜히 왔다는 생각도 들었다.

집에 가서 잠을 자고 일어나면 괜찮아질 줄 알았다. 하지만 다음 날 아침에 더욱 선명해지는 지난밤의 더러운 느낌에 눈물이 났다. 그리고 왜 그때 버스에서 소리치지 못했을까, 하는 자책으로 이어졌다.

학교로 가는 길에도 여느 때처럼 지하철에서 내려서 버스를 탔는데 자꾸 어제의 기분 나쁜 감촉이 떠올라서 계속 뒤를 두리번거렸다. 뒤에 남자가 서 있으면 소스라치게 혼자 놀랐고, 버스 안에 있다는 것만으로도 그날이 떠오르며 공포가 밀려왔다.

4년간의 상담

상담 선생님과의 만남은 버스 성추행 사건을 계기로 시작되었다. 12월 중순의 사건 이후 열흘 넘게 혼자 이겨 내 보려 노력했지만, 시간이 지날수록 분노가 치밀어 올랐다. 처음엔 그 분노가 가해자를 향했지만, 나중엔 자신을 향해 쏟아졌다. '왜 그때 버스에서 소리치지 못했을까'라 며 끊임없이 자신을 자책하고 비난하게 되었다.

대학원 입학 후 학교 내에 심리 상담실이 있다는 것을 알고 있었지만, 굳이 찾아가고 싶지 않았다. 대학원 수업 을 혼자 듣는 외로움이나 나를 멸시하는 친구에 대한 어 려움으로 상담받고 싶진 않았기 때문이다. 여태까지 살아왔던 환경들이 나를 혼자 참도록 내몰았던 탓에 마음이 힘들었던 것임을 지금은 인지하고 있지만, 당시에는 내가 나약해서 그런 생각이 드는 것이라 여겼기에 스스로 이겨 내보려고 했다. 하지만 버스 성추행은 도저히 나 혼자서는 이겨 낼 수 없었다.

용기를 내서 학교 상담실로 전화했다. 상황을 말하니 오늘 올 수 있으면 바로 오라고 해서 전화를 끊고는 학교로 갔다. 학교 가는 길에 버스를 타는 건 힘든 일이었다. 버스에서 내 뒤에 사람이 서 있으면 경계하고 자꾸 뒤돌아보며 가까스로 학교에 도착했다. 상담실 프런트 조교에게 이름을 말하니 상담하는 방으로 안내해 줬다. 방은 아늑하고 편한 느낌이 들었다. 소파에 앉아서 기다린 지 얼마 지나지 않아 상담 선생님이 문을 열고 들어왔다.

성추행 사건에 대해서 차분히 이야기할 수 있도록 상담 선생님이 도와주었고, 그 이끌림에 따라 말을 이어가다 결국 눈물이 터져 나왔다. 성추행당할 때 하지 말라는 말 한마디 못 한 자신이 너무 싫어서, 참고만 있었던 자신이 너무 안타까워서 눈물은 한동안 멈추지 않았다. 그러다 선생님이 나의 어린 시절을 물어보았다.

감정을 가다듬고 어린 시절을 회상하기 시작했고, 기억의 차례대로 말을 이어 나갔다. 한참 듣던 선생님도 눈물을 흘렸다. 선생님은 다른 누구라도 나의 어린 시절과 같은 상황을 겪어왔다면 나처럼 성추행당할 때, 그리고 다른 부당한 일을 당할 때면 참고만 있었을 확률이 높다고 말해 주었다. 그리고 나의 잘못이 아니란 것을 계속 이야기해 주었다.

원래 상담은 횟수를 정해놓고 하는데, 선생님이 나는 졸업할 때까지 계속 와도 된다고 말했다. 그렇게 박경희 상담 선생님과의 인연은 졸업할 때까지 지속되는가 싶었는데, 졸업 직전 나의 한쪽 눈이 안 보이게 되면서 졸업 후 임용고시에 합격할 때까지 계속되었다.

받아쓰기와
트로트 노래

2009년부터 대학교와 대학원 신입생에게는 교육봉사 60시간이 교직 이수의 필수 조건이 되었다. 2013년에 대학원에 입학한 내게도 해당되는 내용이라 어르신들이 다니는 한글학교에서 봉사를 하게 되었다.

한글학교는 어렸을 때 학교에 다니지 못해 한글을 모르는 할머니, 할아버지가 뒤늦게나마 한글을 익히기 위해 오는 곳이었다. 한글학교에는 나의 외할머니와 비슷한 연배의 어르신이 많았고, 간혹 엄마와 비슷한 연배의 어른도 있었다. 한글을 가르치러 매주 한 번씩 그곳을 찾았다.

한글학교에서 받아쓰기 문제를 낼 때면 옛날 노래 가

사를 많이 냈다. '섬마을 선생님'이나 '고향역' 같은 노래 가사를 문장으로 읽으면서 문제를 내면, 첫 문제는 아무 말 없이 받아쓰기를 했다. 그다음 문제도 첫 문제의 가사를 이어서 내면 어르신들은 이내 눈치를 채고는 "선생님 이거 이미자 노래 '섬마을 선생님' 아니에요?"라고 말했다. 맞다고 말하면 어르신들은 그 노래를 흥얼거리며 받아쓰기를 했다.

석 달 정도 매주 교육봉사를 하고 있던 어느 날, 경북대학교 물리교육과 조교를 하던 중 교직원 선생님이 나한테 교육봉사는 하고 있냐며 물어봐 한글학교에서 하는 중이라고 말했다. 그러자 교직원 선생님은 미성년자 학생이 있는 기관에서 해야 교육봉사 시간을 인정받을 수 있다고 얘기해 주었다. 그 말을 듣자마자 여태까지 내가 봉사활동을 했던 게 교육봉사가 아니라, 정말 말 그대로 봉사활동이었구나 싶었다. 처음엔 그 시간은 그저 버린 시간이었다는 생각이 들었는데, 하루 이틀 시간이 지나면서 내가 언제 또 어르신들한테 한글을 가르칠 수 있겠나, 지금 아니면 하지 못했을 일을 경험했다고 생각하자며 마음을 바꿨다. 나름 한글학교에서의 봉사활동은 재미가 있었다. 어르신들이 살아오면서 겪었던 수많은 경험과 경륜을 간접적으로나마 느낄 수 있었던 의미 있는 시간이기도 했다.

이후 초중고등학교나 지역 아동센터에서 교육봉사를 알아봤는데, 연결이 바로 되지 않고 계속 거절당했고, 마지막이라 생각하고 전화를 걸었던 곳이 살고 있던 동네의 지역아동센터였다. 나중에 알고 보니 그곳에는 기증받은 피아노가 두 대 있었는데, 피아노를 레슨 해 줄 사람이 없어서 피아노 레슨을 해 줄 수 있는 교육봉사자를 찾던 상황이었고, 나도 다른 교과목을 봐주는 것보다는 피아노 레슨을 해 주는 게 더 좋았으니 서로 잘된 일이었다.

초인적인 힘

2015년의 12월이 찾아왔다.

12월 초에도 지난달과 다름없이 병원에 다니고 있었다. 안 보이는 눈이 조금씩 보이게 되면서 왼쪽 눈과 오른쪽 눈을 동시에 뜨고 앞을 보면 더 어지럽고 적응이 되지 않았다. 그래서 조금씩 보이는 오른쪽 눈을 안대로 가리고 다녔다. 종일 안대로 눈을 가리고 생활하자 어느 순간 오른쪽 눈에 염증이 생겼다. 졸지에 눈병까지 찾아온 것이다.

급성 바이러스성 눈병이라서 안구 통증과 고름이 수반됐다. 눈이 빠질 것 같은 통증과 눈 주위에 뭉쳐진 고름 때문에 눈을 깜빡거리는 것조차 불편했다. 소론도정을 복용해서 몽롱하고 어지러운 데다 눈병으로 눈이 퉁퉁 부어올라서 눈알이 빠질 것만 같이 아팠다. 세수할 때면 눈에 닿는 조심스러운 손길도 데는 것같이 고통스러웠다.

그 와중에 졸업논문 심사를 발표하러 갔고, 졸업논문 심사 결과 보고서를 제출했다. 12월 첫째 주 토요일에는 임용고시가 있었다.

시험을 치러 갈 때쯤에는 보이지 않던 눈이 스테로이드 치료로 인해 5센티 미만으로나마 색과 형상이 구분되게 보였다. 하지만 5센티를 제외한 나머지 시야는 온통 뿌옇게 보였다. 안 그래도 소론도정 때문에 어지러운데, 한쪽 눈에서 5센티는 색깔이 보이고 나머지는 뿌옇게 보이는 게 동시에 일어나니 더 어지러웠다.

눈병으로 눈알이 빠져나갈 것 같은 통증이 지속되는 가운데, 12월 첫째 주 토요일 새벽 5시에 임용고시를 치러 다른 도시에 가려고 집에서 나섰다. 다행히 부모님의 차로 편하게 시험장으로 갈 수 있었다. 집에서 나서면서 산 김밥을 시험장 근처에 도착해서 아침 7시쯤에 부모님과 같이 먹었다. 김밥을 먹고 바로 소론도정 10개를 먹었다. 그

약을 먹고 좀 쉬다가 아침 8시쯤 시험장 안으로 들어가는데, 약에 취한 것이 느껴지기 시작했다. 정신이 몽롱해지고 어지러워졌다. 그래도 뒤에서 부모님이 내가 걸어가는 걸 보고 있을 것 같아서 최대한 똑바로 걸으려고 정신줄을 부여잡았다.

시험 시간이 되어 문제를 보는데 지문에 적힌 글자가 해석되지 않았다. 몽롱함이 극에 달한 것이다. '이 글자가 뭐지?' 이런 생각만 들었다. 1교시 교육학 시험의 문제 지문을 읽는 데만 30분이 걸렸다. 아무리 반복해서 읽어도 지문에 적힌 한글이 무슨 말인지조차 이해되지 않았다.

그 와중에 안구 통증도 시작되었다. 시험장에 도착하자마자 안약을 넣었는데도 시험을 치면서 계속 고개를 숙이고 있어서 그런 건지 평소보다 더 아팠다. 눈알이 튀어나갈 것 같아서 손으로 눈을 부여잡고 싶은 그 이상의 통증이었다. 당장이라도 시험장을 박차고 나가고 싶었다.

그러다 1교시 시험 종료 20분 전쯤 '내가 시험 안 치고 지금 바로 시험장에서 나갈 거면 뭐 하러 새벽에 일어나서 여기까지 왔는데? 죽이 되든 밥이 되든 서론·본론·결론 맞춰서 논술 써야 한다.' 이런 생각이 들면서 답안지에 서론을 쓰기 시작했다. 어찌 됐든 서론·본론·결론은 맞춰서 2페이지 초반쯤에 마무리하고 교육학 논술 답안을 제출했다.

답안지를 제출하자마자 답안을 어떻게 썼는지 생각이 안 났고, 어떤 주제의 문제가 나왔는지도 기억나지 않았다. 2교시 전공 시험을 칠 때도 안구 통증과 몽롱함, 어지러움은 여전했고, 1교시처럼 지문 뜻이 뭔지도 모르겠는 상황에서도 생각나는 것을 조합해서 답안을 쓰고 제출했다.

그런데 2교시 시작하고 나서부터는 몸이 정말 안 좋다는 느낌이 들었다. 앉아있지도 못할 만큼 힘들었지만 1교시 때처럼 '이렇게 나가게 되면 뭐 하러 여기 왔어…' 이런 생각으로 억지로 버텼다. 3교시가 되자, 도저히 못 버틸 것만 같았다. 조금만 정신을 놓아도 그 즉시 쓰러질 것만 같았다. 정말 죽을힘을 다해서 버텼고, 문제를 풀면서도 '지금 쓰러지면 안 된다…. 조금만 더 참자…. 조금만 더….' 이런 생각을 수없이 되뇌며 3교시까지 다 마무리하고 시험장에서 나온 시간은 오후 4시쯤이었다.

어떻게 답안을 작성했는지 시험 다음 날에도 생각이 하나도 나지 않았다. 합격 여부를 떠나서 그런 몸 상태로 새벽부터 나와서 몽롱한 정신으로 눈알이 빠져나갈 것 같은 통증을 겪으면서도 오후까지 의자에 앉아서 답안을 쓰고 제출한 그 자체만으로 자신에게 고마웠다.

시험 쳤던 날 시험장으로 들어가기 전, 차 안에서 부모님이 나한테 시험 치다가 힘들면 바로 나와도 된다고 했지만, 나는 초인적인 힘이 어디까지인지 시험해보기라도 하듯 끝까지 버티면서 답안을 작성해서 제출했다.

그날의 시험은 그것으로 만족하는 게 맞았다. 하지만 사람의 욕심이란 항상 더 많은 것을 바라기에 자꾸 합격이라는 욕심이 감히 생겨났다.

병원 전원
그리고…

처음 입원했던 병원에서 담당 신경과 교수님의 확실하지 않은 대답에 점차 신뢰가 떨어졌고, 12월 말쯤 다른 병원으로 진료를 의뢰하게 되었다. 그 병원에서는 여태까지 진료받은 기록과 MRI CD를 제출해 달라했고, 일주일 뒤에 외래 진료를 받으러 오라고 했다. 그렇게 병원을 옮기게 되면서 새로운 한 해를 맞이했다.

한 해가 저물고 새로운 한 해가 다가왔지만, 나는 새롭지 않았다. 여전히 '다발성경화증이 맞을까? 맞다면 어떡하지? 스테로이드 부작용은 언제 괜찮아질까…'라는 생각이 지속되었다.

그러다 바꾼 병원의 진료날이 찾아왔고, 가기 전까지 '만약 다발성경화증이 맞다고 해도 절대 울지 말자, 약해지지 말자'라며 마음을 다잡고 병원에 갔다. 예약 시간보다 거의 삼사십 분 더 기다린 후에 진료실에 들어갔다. 들어가자마자 신경과 교수님은 내 MRI 사진을 모니터 화면으로 보여주며, 다른 환자의 MRI사진을 같이 비교하며 "다발성경화증이 맞습니다. 확실합니다. 다발성경화증인 제 환자의 MRI 사진도 같이 보시면 병변이 비슷하죠? 이건 더 진행되어서 하얀 반점이 더 크죠? 그래도 환자분은 초기에 바로 오셨고 치료 잘 받으면 병변이 이렇게 커지진 않을 겁니다"라고 하였다.

그 말을 나와 엄마, 아빠 이렇게 세 명이 같이 들었다. 확진이라는 말을 듣자마자 눈물이 계속 났다. 그 진료실에서 사십 분 동안 교수님의 설명을 들었는데, 계속 울어서 설명이 귀에 들어오지 않았다. 눈물을 흘리지 않겠다고 그만큼 다짐했건만, 다짐과는 다르게 계속 눈물이 흘러내렸다. '나는 이제 어떻게 해야 하는 걸까…. 이제 어떻게 살아가야 하는 걸까…. 나보고 어떻게 살라는 걸까….'

교수님은 계속 복용해 왔던 스테로이드 약은 진작에

끊고 더 빨리 다발성경화증 치료제로 바꿨어야 했다고 말했다. 그리고 오늘부터 자가 주사를 처방해 줄 거니까 그 주사를 일주일에 세 번씩 거르지 말고 맞으라고 하고, 주사에 관한 자세한 사항은 주사 교육 간호사에게 들으면 된다고 했다. 교수님이 내 MRI를 먼저 보고 주사 교육 간호사를 미리 불러 놓은 거였다. 진료실 밖으로 나가면서도 나는 울고 있었고, 울고 있는 사람이 다발성경화증 환자일 거라 생각한 건지 교육 간호사가 와서 본인을 소개했다.

간호사는 주사 맞는 걸 교육받아야 앞으로 혼자 맞을 수 있다며 지금 병원 로비 의자에 앉아서 주사를 맞아보자고 했다. 나는 배를 가리고 있는 옷을 조금 위로 올려서 간호사와 부모님 그리고 다른 사람들이 다 보는 병원 로비 의자에서 간호사가 알려주는 대로 주사를 맞았고, 그때의 기분은 참 복잡 미묘했다. 주사를 맞았던 장소가 병원 로비라는 것이 수치스럽기도 했고, 앞으로 계속 이런 짓을 해야 한다는 게 굉장히 부담스러웠다. 이렇게 주사를 맞는다고 해서 병이 완치되는 것도 아니라고 하니 미래가 걱정되기도 하고, 암담하고 참담했다. 희망을 엿볼 수조차 없는 갑갑함이 나를 옥죄었고, 그렇게 주사를 정신없이 맞은 후 아빠 카드를 받아 들고 수납을 하러 갔다. 그사이 부모님은 간호사와 이야기를 나눴다.

집에 가는 길에 부모님은 조금 전 간호사와 한 이야기를 나한테 전해주었는데, 그 말은 전혀 귀에 들어오지 않았다.

당연하지만 그래도

2015년 12월 첫째 주 토요일, 쓰러질 것만 같은 통증을 억지로 부여잡고 참으며 임용고시를 본 지 한 달이 지났다. 1차 결과 발표 날이 다가올수록 긴장되었고, 자꾸 일말의 기대를 하게 되고 감히 욕심도 생겼다.

기대가 크면 실망도 크다고 하지만, 기대가 그리 큰 편이 아니었는데도 1차 시험 결과 발표를 보고는 실망감이 컸다. 아니, 실망이라기보다는 앞으로의 미래에 대한 두려움이 더 크게 작용했다. 당시는 두려움이라 인지하지 못하고 그 모든 감정을 실망감으로 느꼈을지도 모르겠다.

보통은 준비한 시험에서 떨어지게 되면 눈물이 나올

법도 한데, 나는 불합격이라는 결과 앞에 눈물이 나오기보다는 한숨이 먼저 나왔다. 그리고 이 생각이 계속 머릿속에 맴돌았다. '이제 내 나이 스물여덟, 나는 앞으로 어떻게 살아가야 하나….'

2016년의 시작

눈이 안 보이게 된 이후로 새로운 하루가 시작되는 것마저 두려웠던 나에게, 오지 않을 것만 같았던 2016년이 시작되었다. 그리고 2016년의 한 해가 마무리되는 날까지 하루가 멀다고 종일 울고 또 울었다. 눈물이 이렇게 많이 나올 수 있을까 싶을 만큼 눈물이 마르지 않았다.

다발성경화증 치료제인 인터페론 주사 '레비프'를 처음 맞은 다음 날, 제본한 졸업논문에 심사위원 교수님들의 서명을 받고 학교 도서관으로 제출해야 했다. 교수님 서명을 받으러 학교에 가려고 집을 나섰고, 엘리베이터를 타기 위해 계단을 내려가다가 갑자기 쓰러졌고, 계단을 구르는 내 몸을 스스로 제어할 수가 없었다. 순식간에 계단 반 층을 굴렀고, 계단에는 내 피가 군데군데 떨어져 있었다. 첫 계단을 밟으면서 갑자기 몸이 앞으로 기울더니 엎어졌고, 그때부터는 제어할 수 없을 만큼 가속도가 붙어서 엎드려서 미끄럼틀을 타고 내려가는 것처럼 계단에서 미끄러진 격이 되고 말았다.

몸이 앞으로 쏠리면서 계단 위에서 쓰러졌을 때부터 계단을 다 내려와서 가속도가 멈추게 될 때까지 나는 '턱으로 계단 찍어 내려가면 이빨 부러질 수도 있는데…. 내 이빨 내 이빨….' 이런 생각만 들었다.

턱으로 계단을 찍어 내려가는 게 멈춰지고서는 계단과 평지에 각각 내 몸의 반씩 걸려 눕게 되었고, 그 상태로 멍하게 몇 초 동안 엎드린 자세로 있다가 순간 '내 이빨 괜찮은가?'라는 생각이 번쩍 들었다. 그래서 바로 일어나서는 가방에서 부리나케 거울을 찾았다. 거울로 얼굴을 보니 입술 밑쪽은 터져서 피가 많이 흘러내렸고, 입안도 피로 가득 차 있었다. 거울을 보면서 위아래로 입을 벌렸다가 다물어보면서 이를 확인하는데, 턱 주위의 통증이 시작되어 이가 괜찮은지 자가 진단을 내리기 어려웠다. 그러다 다리에 힘이 풀리면서 땅에 주저앉게 되었고, 그제야 겁이 나기 시작했다. 119에 전화해야 할까 하다가 엄마한테 먼저 전화했다.

나: 엄마…. (엄마라고 말하자마자 바로 눈물이 나왔다.)

엄마: 왜? 무슨 일이야? 울어?

나: 나 아파트 계단 내려가려다가 계단에서 굴렀어. 그래서 입안이랑 턱이 째져서 피가 많이 나…. 지금 서 있지도 못하겠어서 땅바닥에 앉아있어. 어떻게 해야 할지 아무 생각이 안 나….

엄마: 엄마한테 전화하면 어떡해. 119에 먼저 전화했어야지…. 잠시만 전화 끊어봐.

엄마랑 전화를 끊고 나서 몇 초 뒤에 앞집에서 현관문이 열렸고, 평소 자주 왕래하며 지내 온 앞집 이모가 나를 보면서 놀란 표정을 지으며 나에게 뛰어왔다. "진영아, 뭐야, 왜 이래. 엄마한테 전화 받고 나왔어. 어떡하니…." 너무 놀라서 아무 생각도 없이 멍하게 앉아있는 나를 앞집 이모는 따뜻하게 품에 안아주었다. 그리고 이모가 바로 119에 전화했다. "계단에서 사람이 굴러서 피가 많이 나고 서 있지 못하고 있어요. 사고당한 사람은 젊은 아가씨예요. 빨리 좀 와주세요." 이모는 신고하고 다시 집으로 가더니 방석을 가지고 나와서는 내가 앉아있는 차가운 바닥 위에 방석을 깔아주었다.

얼마 지나지 않아서 구조대원들이 도착했고, 내 얼굴에 묻은 피를 닦아서 지혈한 뒤 나를 들어서 침대에 눕혀 구급차에 태웠다. 차에서 구조대원이 나이와 질병, 약물 복용 여부 등을 물었고, 나는 어제 인터페론 주사를 맞았다고 말했다. 병원은 어디로 갔으면 좋겠냐는 물음에 어제 다발성경화증을 확진 받았던 병원을 알려주며 그곳으로 가 달라했다.

그러다 퍼뜩 오늘 11시까지 교수님 연구실로 가서 논문 심사위원 교수님들 서명받아야 한다는 일정이 구급차를 타고 가는 길에 생각이 났다. 그 와중에도 '서명받고 도서관에 제출해야 졸업할 수 있는데…'라는 생각이 나서 구급차에 누운 채로 휴대폰을 찾아서 여기저기 전화하고 상황을 설명했다. 다행히 교수님 서명을 받는 약속은 하루 미뤄졌다. 시간이 지날수록 사고 직후에는 느끼지 못했던 통증들이 스멀스멀 올라왔다.

이틀 연속으로 같은 병원에 가게 될 줄은 생각지 못한 일이었지만, 어쨌든 사고가 났으니 지긋지긋한 병원 검사를 또 받을 수밖에 없었다. 다행히 심한 타박상은 있지만 골절은 없고 턱이랑 입술 밑쪽이 찢어지긴 했는데 심하진 않아서 꿰매지 않아도 된다는 말을 듣게 되었다. 계단에서 떨어지면서도 마음속으로 계속 외쳤던 이도 다행히 이상 없었다. 오전에 병원에 도착했는데 오후 늦게 병원에서 나왔고, 집으로 돌아가는 길에 엄마는 걱정스레 말했다.

엄마:　　내가 진짜 너 때문에 못 살겠다. 어떻게 사고
　　　　가 끊이질 않니….

나:　　　그래도 부러진 거 없고 크게 다치진 않았으니
　　　　까 다행이지 뭐…. 누구는 다치고 싶어서 다
　　　　치고 아프고 싶어서 아픈 줄 알아? 내가 제일
　　　　힘들거든.

나는 그렇게 엄마 앞에서 토라진 척을 했지만, 속마음은 그렇지 않았다. 너무 두려운데 그 마음을 들킬까 봐 토라진 척을 한 거였다. '엄마는 내 마음을 알기는 할까…. 어떻게 연초부터 이러냐…. 진짜 작년 연말부터 올해 연초까지 사건 사고가 끊이질 않는구나…. 올 한 해는 또 어떤 한 해가 될까….'

계약직

2016년 2월에 대학원을 졸업하고 3월부터 임용고시 공부를 시작하려고 했지만, 다발성경화증 주사약을 맞기 시작한 지 얼마 되지 않아 주사약 부작용이 상당히 심했다. 주사를 맞은 다음 날이면 종일 극심한 두통과 근육통에 시달렸고, 심하면 오한까지 왔다. 이런 상황에서 임용고시를 준비하기엔 마음과 몸이 지칠 대로 지친 상황이었다. 그렇다고 마냥 집에 가만히 있기는 싫어서 취업사이트와 포털사이트를 둘러보던 중 경북대학교 교직원 모집 공고를 보게 되었다. '2년 계약직이긴 해도, 국립대 교직원이면 계약직도 괜찮은데?'라는 생각이 들어 지원서와 자기

소개서를 쓰기 시작했다.

그때까지도 건강 상태가 좋지 않아서 지원서와 자기소
개서를 겨우 다 쓴 후 퇴고도 하지 못한 채, 되면 좋고 안
되면 어쩔 수 없다는 심정으로 부담감 없이 지원서와 자기
소개서를 제출했다. 그런데 제출한 지 일주일 뒤, 서류가
통과되었으니 그 주 금요일에 면접 심사를 보러 오라는 문
자를 받게 되었다.

10년 가까이 음악만 해 왔던 나는 새로운 분야의 취업
준비가 아무것도 안 되어 있었고, 부끄럽지만 지원서와 자
기소개서를 썼던 부서에서 어떤 일을 하는지도 잘 모르는
상황이었다. 면접 당일 그곳의 홈페이지에서 비전과 목표
를 확인하고 어떤 일을 하는 곳인지 대충이나마 가늠하고
는 면접장으로 향했다. 그날따라 햇볕이 너무 뜨겁고 기온
이 높아서 검은 정장을 입은 나는 면접 장소에 도착하기
도 전에 이미 땀범벅이 되었다.

면접 시간보다 20분 정도 일찍 도착해서 지참한 서류
를 제출하고는 의자에 앉아서 쉬고 있는데, 바로 옆 테이
블에 곱게 차려입은 여자가 다소 긴장한 얼굴로 앉아있었
다. 이 사람도 면접 보러 왔구나 싶었다. 그 사람이 먼저

면접 보러 간 후 그 테이블에 앉아서 과자를 먹었다. 어차피 떨어질 것 같고, 딱히 기대 안 하니까 과자나 먹고 가자, 싶어 내가 안 먹어본 과자가 있길래 그걸 집어 들었다. 과자를 먹으면서 마음속으로는 '맛있다'를 연발하며 차례를 기다렸다. 시간이 다가올수록 점점 긴장되기도 했지만 그럴 때마다 '아무 준비도 못 한 내가 되겠어? 그냥 편하게 보자'라고 생각했다.

내 차례가 되어서 면접장으로 가는 길을 안내해 주는 직원이 면접 전형을 소개해 줬다. 1차는 실무진 면접이고, 2차는 센터장님을 비롯한 위원장님들 면접이라는 말을 듣고 '면접을 두 번이나 봐?'라는 생각을 떨쳐내지 못한 상황에서 면접장으로 들어섰다. 면접관이 여덟 명이나 되는 것에 잠시 놀랐지만, 면접관의 질문에 정말 솔직하게 소신껏 이야기하려고 했다.

그런데 '왜 임용고시를 준비하지 않는가?', '한국사 시험은 임용고시 때문에 친 거 아닌가?'라는 두 질문에 대해서는 망설이다가 사실대로 말하지 않았다. "원래 임용고시는 생각하지 않았기 때문에 시험 준비도 당연히 안 했었고, 한국사 시험은 친구들이 치길래 따라서 쳤습니다"라고 대답했다. 그러자 한국사 시험에 대한 대답을 들은 면접관들은 깔깔 웃었고, 나도 그 웃음에 전염되어서 깔깔 웃게 되었다.

마케팅에 대해서 아냐는 질문에는 "솔직히 마케팅 그런 건 지금 잘 모르겠습니다"라고 솔직하게 대답하자 면접관들은 또 깔깔 웃었다. 한 면접관은 "그건 뭐 들어와서 배우면 되고"라고 말했다.

이곳에 왜 지원했냐는 면접관의 질문에는 취업하려고 이리저리 알아보다가 지원했다고 대답했다. 그러다 1차 면접이 거의 마무리될 즈음에 어떤 면접관이 나한테 웃는 모습이 참 예쁘다고 하길래 웃으며 감사 인사를 하자, 면접관은 또다시 웃는 게 예쁘다고 했다.

1차 면접의 마지막 질문이 가장 인상적이었는데, '10년 뒤에 어떤 사람이 되고 싶은가'였다. 그 질문을 받자마자 두 가지 생각이 떠올랐다. '과연 내가 10년 뒤에도 살아있을까…'라는 거였고, 또 하나는 '좋은 엄마, 좋은 아내'가 떠올랐다. 그래서 이왕 망친 거 소신껏 대답하자는 마음으로 "정말 솔직하게 말씀드리면 10년 뒤에 저는 좋은 엄마, 좋은 아내가 되고 싶습니다"라고 대답했다. 그러자 면접관들은 또 깔깔 웃으면서 연신 "그래 맞아, 그게 제일 어렵고 제일 큰 과제지"라고 말했다.

이 질문을 끝으로 1차 면접이 마무리되었다. 1차 면접관들은 내가 나가기 전 우리 센터는 이러한 업무를 하고 있다며 도리어 나에게 업무에 대해 소개해 줬고, 1차 면접에서 긴장 좀 풀렸을 거니까 2차 면접도 잘 보라고 말해줬다.

2차 면접은 앞에 다섯 명의 면접관이 있었다. 중간에 앉아있는 분은 본인이 센터장이라 하며, 자기소개를 해 보라고 해서 간단하게 소개했다.

이어서 2차 면접관의 질문과 나의 대답이 아래와 같이 오갔다.

면접관: 요즘도 작곡을 하나요?

나: 이제 작곡 안 합니다.

면접관: 음악 전공하면 보통 교회 많이 다니는데 교회 다녀요?

나: 네.

면접관: 교회 다니면 청년부 활동도 합니까?

나:　　　　교회에 친한 언니 오빠들은 있지만 청년부 활
　　　　　동은 잘 안 합니다.

면접관: 힘들 땐 어떻게 풉니까?

나:　　　　먹는 걸로 풉니다.

면접관: 주로 뭘 먹죠?

나:　　　　빵이요.

면접관: 연봉은 얼마를 받고 싶나요?

나:　　　　저는 대학교 교직원 연봉 생각은 해본 적이 없
　　　　　어서 금액으로 얼마를 말씀드려야 될지 모르
　　　　　겠습니다.

면접관: 일하다 보면 일이 많은 날도 있는데 그런 날에
　　　　　는 야근이나 밤새워 일할 수 있어요?

나:　　　　채용 공고문에 근무 시간이 09시부터 18시까
　　　　　지라고 되어 있는 걸 보고 지원해서 야근이나
　　　　　밤새워 일하는 건 자신이 없습니다.

면접관: 만약 일하게 된다면 언제부터 할 수 있어요?

나:　　　　일하게 된다면 지금으로부터 한 달 반쯤 뒤인
　　　　　6월부터 하고 싶습니다. 왜냐하면 작년 연말
　　　　　부터 제가 많이 아파서 아직 휴식이 좀 더 필

요한 것 같습니다.

나는 2차 면접의 질문에도 위와 같이 솔직하게 대답했는데, 내가 대답할 때마다 2차 면접관들은 1차 면접관들과 다를 바 없이 또 깔깔 웃었다. 그래서 나도 덩달아 같이 웃게 되었다. 하지만 입으로는 웃으면서도 마음으로는 '이렇게 웃어도 되는 건가? 망했구나'라는 생각이 들었다. 1차와 2차 면접을 합쳐서 1시간 정도 면접을 봤는데, 이렇게 오랫동안 면접을 보게 될 줄은 생각하지 못했다.

면접을 본 날로부터 한 주가 지나서 박경희 선생님과 상담하는 날이 왔고, 상담 중에 지난주 면접 봤던 걸 이야기했다. 면접은 망한 것 같다고 말하던 찰나에 모르는 번호로 전화가 왔다. 지난주 면접 봤던 경북대학교 교직원에 최종 합격했다는 전화였다.

최종 합격 전화를 받은 날로부터 며칠 동안 마음이 갈팡질팡했다. '계약직이긴 하지만 국립대 교직원이면 심한 반대는 안 하시겠지?'라는 생각으로 부모님에게 채용 합격을 말했다. 그런데 부모님은 2년짜리 계약직이면 2년 후에는 뭘 할 거냐, 네가 2년 동안 일하다가 다시 공부하게 되면 제대로 공부할 수 있을 거 같냐, 등의 이야기를 하며 반대했다.

그 당시에는 공부가 제대로 손에 잡히지 않았고, 솔직히 하기도 싫었다. 아프고 나서부터 생각해 왔던 계획들이 와르르 무너지면서 공부해야겠다는 결심이 사라지게 된 것이다. 그렇다고 아예 임용고시를 치지 않겠다는 건 아니었지만, 굳이 2016년에 임용고시 합격을 바라진 않았다. 그저 지난 몇 달 사이에 나에게 일어났던 모든 일들이 혼란스럽고 버거웠다.

경북대학교 교직원 채용의 최종 합격 연락을 받고 며칠 안에 경력산정표를 보내야 했는데, 작성은 했지만 보내는 것에 갈등이 생겼다. 그러다 결국 경력산정표를 보내지 않았다. 그다음 날 다발성경화증 치료제를 받으러 병원으로 갔을 때 2차 면접관 중 한 사람이었던 센터장님의 전화가 왔다. 왜 경력산정표를 보내지 않는 거냐, 입사 포기하는 거냐는 센터장님의 질문에 부모님이 반대한다는 말은 차마 하지 못하고, '건강이 아직 회복되지 않아서 죄송하지만 못하겠다'고 대답했다.

이후 시간이 지나면서 경북대학교 교직원 입사 포기가

아쉬울 때도 있었지만, 그럴 때마다 내 길이 아니었겠지, 라고 생각하며 애써 단념하고자 노력했다.

마지막 시험

2017년 2월부터 집 근처 동사무소에서 최저시급을 받으며 행정보조 아르바이트를 하게 되었다. 반일제로 하루에 4시간만 하는 일이라서 시간적인 여유는 있는 편이었다. 그런데 치료제를 시작한 지 1년이 지난 시점이었는데도 주사약의 부작용이 여전히 심했다. 주사를 맞은 그다음 날에는 머리가 끊어질 듯이 아팠고 온몸에 근육통이 느껴졌다. 그렇다고 당시 29살이었던 내가 아무것도 안 할수는 없어서 하루 4시간짜리 동사무소 아르바이트를 시작했지만, 주사를 맞은 다음 날은 아르바이트도 힘에 부치는 날이 많았다.

동사무소에서 행정 보조 아르바이트를 하는 사람은 나를 포함해서 총 4명이었다. 다른 행정 보조들은 맡은 일을 다 하고 민원인들도 오지 않을 때면 옆 사람과 이야기하거나, 휴대폰을 만지거나, 업무용 컴퓨터로 쇼핑하곤 했는데, 나는 그 시간에 차라리 책을 보는 게 낫겠다는 생각이 들었다. 그래서 동사무소 일을 하다가 짬시간이 생기면 지난 1년 동안 아파서 하지 못했던 임용고시 공부를 조금씩 하기 시작했다.

그러다 동사무소에 어느 정도 적응하고 일한 지 2달쯤 지나면서부터 조금씩 이 일에 실망하기 시작했다. 특히 내 업무 담당 공무원은 약육강식의 전형적인 사람처럼 느껴졌다. 본인보다 조금이라도 위라 생각되는 사람한테는 슬슬 기는 모습을 보였던 반면에, 본인보다 어떤 의미에서인지는 모르겠지만 조금이라도 낮게 보이는 사람한테는 기분 나쁜 말을 주저 없이 했다. 그래서 그 말을 듣고 기분이 나쁘다고 말하면 그때야 농담이었다며, 기분 나빠하는 사람을 꽁한 사람인 것처럼 취급하곤 했다.

그런 담당 공무원을 겪으면서 '강자에게도 옳지 않다는 생각이 들면 그 생각을 말할 수 있고, 약자에게는 더 낮은 자세로 그들의 말을 들어줄 수 있는 사람이 되고 싶다'라고 생각하게 되었다. 그리고 나이 먹었다고 다 되는 성인이 아닌, 진정한 어른이 되고 싶다고 생각했다.

동사무소에서 짬시간에 조금씩 임용고시 공부를 하다가 본격적으로 임용고시를 준비해야겠다는 생각이 든 건 4월이었다. 그래서 4월부터는 동사무소에서 일하는 시간인 오후 2시부터 6시까지를 제외하고는, 주사 부작용 때문에 아파 진통제를 복용하면서라도 매일 공부하려고 노력했다. 그렇게 공부의 루틴이 조금씩 잡혀가는 시점인 4월 말쯤에는 동사무소 일을 그만두고 임용고시 공부에만 전념해야겠다는 생각이 들었다.

어차피 동사무소 일은 11개월짜리 반일제 계약직이었고, 시간이 갈수록 부당한 대우와 무시당하는 일이 점점 심해지는 것 같았다. 그래서 하루빨리 이 일을 과감히 그만두고, 공부에 전념하는 게 낫겠다는 생각이 들었다. 또한 공부를 본격적으로 다시 시작하면서 그 해의 공부가 내 인생 마지막 임용고시 공부라는 느낌이 강하게 들었다.

5월 초 동사무소에 이번 달까지만 하고 일을 그만두겠다는 의사를 전했다. 그리고 주변을 하나씩 정리하기 시작했다. 5월에도 동사무소 일하는 시간을 제외한 오전과 밤 시간에는 공부를 했기에 공부만 전념해서 하게 되는 6월부터는 다른 모든 것들로부터 신경 쓰이는 것들을 차단해야겠다는 생각이 들었다. 우선 카카오톡 어플을 휴대폰에서 삭제했다. 그리고 임용고시를 치르게 되는 12월 초까지 얼마만큼의 시간이 있는지 계산했고, 그 시간 동안 교육학 8과목과 전공 6과목을 어떻게 공부할지 계획을 세워 공부해 나갔다.

동사무소에서 2월부터 5월까지 넉 달 동안 당시 최저임금으로 하루에 4시간씩 일한 급여는 한 달에 60만 원 정도였다. 그동안 생활하면서 최소한으로 돈을 쓴다 해도 한 달에 이삼십만 원은 썼기에, 넉 달 동안 일해서 남은 돈은 130만 원 정도였다. 5월에 임용고시 공부 계획을 세우면서 12월 임용고시를 보기 전까지 인터넷 강의 비용과 독서실 비용 등을 계산해 보니 아무리 최소한으로 잡아도 당시 가지고 있던 130만 원으로는 무리였다.

보통 임용고시생들은 서울 노량진에서 준비를 많이 한다. 노량진에서 공부하게 되면 강의와 책 비용과 더불어 매달 월세, 식비, 교통비도 더 지출해야 했다. 그래서 집과 독서실을 오가며 공부하는 것으로 계획을 세웠고, 5월 마지막 주에 부모님에게 현금 100만 원을 부탁했다.

부모님은 100만 원으로 임용고시 볼 때까지 가능하겠냐며 물었고, 나는 가능하다고 말했다. 그리고 다음 날 현금 100만 원이 담긴 봉투를 받았는데, 봉투를 받는 순간 올해 정말 마지막이라 생각하고 공부해 보자며 자신을 다독였다.

6월 첫날, 미용실에 가서 긴 머리를 짧은 커트 머리로 잘랐다. 이미 그해로부터 일 년 전 2016년 3월, 다발성경화증을 확진 받은 지 두 달쯤 지나서 머리카락을 35센티 잘라 〈한국 백혈병 소아암 협회〉에 기부했고, 짧은 단발의 머리로 한동안 지내왔다. 그런데 작년의 짧은 단발머리도 일 년여가 지나다 보니 어깨를 넘어버리는 긴 머리가 되어버렸다. 이왕 공부하려고 굳게 마음먹은 이상 매일 머리 감고 말리는 시간도 공부할 때 낭비될 것 같았고, 머리카락이 길면 공부하다가 나도 모르게 미모에 신경 쓰게 될까 봐 그런 여지를 조금도 남기지 않고 싶었다. 그래서 과감하게 남자 컷처럼 아주 짧게 머리카락을 잘랐다.

머리카락을 아주 짧게 자른 그 날 집에서 나의 머리를

본 남동생과 아빠 그리고 엄마는 경악을 금치 못했지만, 그런 반응에 신경 쓰지 않았다.

5월까지는 일하는 상황이라 인터넷 강의만 봤지만, 일을 그만두고 6월부터는 강의를 보면서 나만의 서브노트를 만들며 정리하기 시작했다. 손글씨 쓰는 게 매우 불편했지만, 서브노트만큼은 손글씨로 직접 쓰려고 노력했다. 하지만 불편함에 이어 다발성경화증 주사 치료제를 맞은 다음 날에는 약의 부작용으로 두통과 근육통, 심하면 오한까지 오면서 또 다른 문제에 봉착하게 되었다.

주사 부작용이 있는 날이면 도저히 앉아서 공부할 수가 없었다. 그럴 때면 독서실로 가지 못하고 방 침대에 누워서 공부했다. 누워서 공부하는 것을 어떻게 하면 조금 더 효율적으로 할 수 있을까를 고민하다가 교육학 8과목과 전공 6과목을 정리한 걸 내 목소리로 읽어서 휴대폰으로 녹음하기 시작했다. 녹음을 다 하기까지는 한 달 가까이 걸렸고, 하루에 짧으면 4시간씩 길면 6시간씩 거의 매일 녹음했다. 이렇게 녹음한 파일을 밥 먹을 때마다, 씻을 때마다, 아파서 아무것도 하지 못하고 누워있을 때마다 휴대폰 스피커 볼륨을 크게 틀어서 들었다.

그리고 12월 초, 대망의 임용고시 날이 다가왔다. 그해에도 대구에는 내 과목 티오가 많이 없어서 나는 다른 도시로 시험을 보러 갔다. 시험 보는 곳은 대구에서 많이 먼 수도권이었지만, 이때는 시험 전날 혼자 미리 시험장 근처 숙소에 도착해서 하룻밤 자고 시험을 쳤다.

1차 필기시험을 무사히 치르고, 대구로 내려와서 바로 2차 시험을 준비했다. 임용고시 1차 시험 결과는 보통 한 달 뒤에 나오는데, 2차 시험은 1차 시험 결과 발표 후 약 열흘쯤 뒤에 보기 때문에 1차 시험 결과 발표 후에 2차 시험을 준비하게 되면 이미 늦어버린다. 그래서 보통은 임용고시 1차 시험을 본 후 1차 시험의 합격 여부를 알지 못해도 대부분 2차 시험에 관한 준비를 한다.

2018년 1월 초, 떨리는 마음으로 컴퓨터를 켜고 수험번호를 입력해서 임용고시 1차 결과를 조회했다. 한참 눈 감고 있다가 눈을 떠서 모니터를 보니, "합격"이었다. 1차 결과 발표 전까지는 합격하게 되면 엄청 기뻐 날뛸 줄 알았는데, 막상 합격 결과를 확인하니 생각보다는 무덤덤했다. 내 교과 특성상 2차 시험은 실기시험, 면접시험, 수업 실연 시험 이렇게 총 3개의 시험을 봐야 했고, 실기시험은 청음, 피아노 치면서 노래 부르기, 장구 치면서 민요 부르기 이렇게 3개를 봐야 했다.

실기시험 중 청음은 들리는 음악을 바로 악보로 옮기는 건데, 이건 내가 절대음감이라서 고등학생 때 대학교 입시 레슨을 받을 때부터 자신 있던 거였다. 피아노 치면서 노래 부르는 시험은 1차 필기시험을 준비하면서부터 거의 일 년 동안 꾸준히 연습해 왔던 터라 큰 부담이 없었다. 그런데, 장구 치면서 민요 부르는 것은 여름에 인터넷 강의로만 잠깐 배웠고, 집에서 혼자 장구 치면서 민요를 불렀기에 피드백을 받을 수 없어서 많이 부족했다. 그래서 1차 시험이 끝난 후부터 민요 개인 레슨을 받았고, 1차 시험 결과 발표 후 2차 시험을 보러 가기 전까지는 일주일에 세 번씩 민요 개인 레슨을 받았다. 5월에 부모님에게 받은 100만 원은 1차 시험 원서 접수비까지 내고 나니 다 쓰게 되어서 민요 레슨을 받을 때는 다시 부모님에게 50만 원을 더 받아서 레슨비를 충당했다.

1월 중순, 실기시험과 면접시험 그리고 수업 실연 시험을 보러 다시 수도권으로 올라갔고, 이 시험은 하루씩 총 3일을 봐야 되어서 3박 4일 동안 시험장 근처 숙소에 머물렀다. 하필이면 2차 시험을 보기 일주일 전부터 감기에 심하게 걸려서 목소리가 잘 나오지 않고 목이 매우 아팠다. 아무리 병원에 가고 약을 먹어도 감기는 쉽게 낫지 않았다. 그래서 피아노 치면서 노래 부르고, 장구 치면서 민요 부를 때 최악의 목 상태로 시험을 치를 수밖에 없었다. 많이 아쉬웠지만, 시험은 운이라 생각하고 감기에 걸린 상태에서 시험을 치르게 된 것 또한 나의 운이라 생각하며 스스로를 위로했다.

지난 한 달 동안, 1차 시험을 치른 이후부터 나와 같은 도시로 시험을 쳤던 사람들끼리 면접 스터디를 했었다. 우리는 면접 기출 문제를 살펴보고, 면접시험 문제는 총 3문제, 그중 한 문제 이상은 시책이 나왔다는 것을 알게 되었다. 그래서 우리는 시책을 중점으로 스터디 해 보자고 결론지었다. 시책이란 각 시 교육청의 그 해 주요 업무 계획(사교육비 경감을 위한 학교 방과후수업 지원 등)과 같은 사업들을 나열한 것을 말한다. 그래서 우리는 매주 면접 스터디를 할 때마다 시책을 열심히 외우고, 그 시책을 바탕으로 어떤 면접 문제가 나올지 예상하면서 면접시험을 준비했다.

그리고 2차 시험의 마지막, 면접시험 날이 되었다. 이제까지 외우고 준비했던 시책은 하나도 나오지 않았고, '절대 이런 문제는 나오지 않을 거다'라고 등한시했던 문제가 나왔다.

면접시험 문제를 받아봤을 때 정말 난감했다. 나와 같은 도시에서 면접을 본 다른 사람들에게도 후일담을 들어보니 나와 비슷한 반응이었다. 면접 문제는 총 3문제로 즉답형 1문제와 구상형 2문제였다. 즉답형은 면접관 앞에 앉았을 때 문제를 볼 수 있고 문제를 보자마자 바로 답변해야 하는 것이다. 구상형은 면접장에 들어서기 전 미리 문제를 볼 수 있는데 한 문제당 답변을 구상할 수 있는 시간은 1분이다. 이때 난감했던 문제는 즉답형, 〈내가 담임 교사가 되었을 때 우리 학급의 급훈은 무엇으로 하겠는가? 이 급훈을 교육적으로 학생들에게 어떻게 적용할 것인가?〉 이런 내용의 문제였다.

즉답형 문제였기에 구상할 시간 없이 문제를 보고 바로 답변을 해야 했다. 그때 문제 지문에서 "급훈"이라는 단어를 보자마자 생각나는 단어는 "감사"였다. 그래서 이렇게 답변했다.

나:　　　제가 담임교사가 되어서 급훈을 정하게 된다면, "항상 감사하자"로 정하겠습니다. 왜냐하면 저는 언젠가부터 사람들이 살아가면서 감사함을 많이 잊고 사는 것 같다는 생각을 자주 하게 되었습니다. 만약 제가 담임 맡은 반의 학생이 저에게 찾아와 "선생님 저는 감사한 게 아무것도 없어요. 도대체 뭐가 감사한지도 모르겠는데 왜 급훈을 '감사하자'라고 정하신 거예요?"라고 질문한다면, 저는 그 학생에게 "네가 볼 수 있는 것도 감사한 거고, 걸을 수 있는 것도 감사한 거고, 밥 먹을 때 치아로 씹어 먹을 수 있는 것도 감사한……"

이 말을 하던 중 나의 어린 시절부터 지금까지 겪어왔던 과정이 생각나면서 갑자기 눈물이 맺혔고, 목이 메어서 말을 할 수가 없었다. 면접장에서 면접관인 장학사님 또는 중·고등학교 교장, 교감 선생님일 것 같은 다섯 분이 내 앞에 앉은 가운데, 주체할 수 없이 눈물이 계속 흘러내렸다.

내 앞에 놓인 면접 시간을 카운트 다운하는 전자시계를 보면서, '저 시간 안에 세 문제에 대한 대답을 다 해야 하는데…. 시간은 계속 흘러가는데 왜 이렇게 눈물이 멈추지 않는 거야…. 제발 눈물 좀 그만 나와라'라며 아무리 마음속으로 외쳐도 눈물은 그치지 않았다. 그렇게 면접장에서 소리 못 내고 고개 숙여서 눈물만 뚝뚝 흘리며 혼자 발버둥 치던 찰나, 면접장에 면접관들과 같이 있던 면접시험 감독관 선생님이 나한테 다가왔다. 그리고 휴지를 주면서 내 어깨를 두드리며 "괜찮아, 잘하고 있어, 괜찮아"라고 말해 주었다. 그 선생님의 위로 덕분에 휴지로 눈물을 닦으면서 면접 3문제를 제한 시간 안에 답변하고 나왔다.

하지만 본의 아니게 눈물을 추스르는 데만 1분 이상의 시간이 소요되어 제한 시간 안에 면접 문제에 대한 답변을 완벽하게 하지 못한 것 같다는 아쉬움이 너무도 컸다. 면접시험을 본 후 숙소로 돌아가 면접장에서 울었던 것을 후회하며 한 시간 넘게 소리치며 엉엉 울었다. 면접장에서 눈물이 나온 것이 너무 아쉽고, 목감기 걸린 목소리로 실기시험을 친 것도 너무 아쉬워서 그날은 저녁도 먹지 않고 울기만 했다.

다음날, 3박 4일의 2차 시험 일정을 끝내고 기차를 타고 대구로 내려갔다. 기차 안에서 면접시험에 대한 아쉬움을 뒤로하고 애써 자신을 위로했다. '이미 시험은 다 쳤고, 다시 칠 수도 없어. 만약에 이번 2차 시험에서 떨어진다 해도 어쩔 수 없어. 그래도 이렇게 아픈 몸으로 시험 준비 열심히 했어. 후회 없어. 괜찮아. 혹시 결과가 안 좋더라도 실망하지 말고 다른 길을 찾아보는 거야. 정말 미련 없이 열심히 했으니까 괜찮아.'

숨 가쁘게 달려온 2017년과 2018년의 1월이었다. 이번 시험이 나의 마지막 임용고시라 생각하며 지난 일 년 동안 준비해 왔기에, 2차 시험에서의 결과가 좋지 않더라도 너무 자책하지 말자며 마음속으로 계속 되뇌면서 임용고시 최종 결과 발표일인 2018년 2월 초의 어느 날 오전 10시에 2차 시험 결과를 확인했다. 결과는 "최종 합격"이었다. 그리고 염려했던 면접시험의 시험 점수가 생각보다 높게 나와서 놀랐다. 최종 합격을 처음 확인하는 그 순간 울 거라 예상했는데, 눈물은 나오지 않았다. 처음엔 그저 얼떨떨해서 모니터를 몇 번이고 다시 보고 또 봤다. 몇 번을 봐도 합격이었다. 곧 아무렇지도 않은 목소리로 엄마한테 전화했다. 일부러 임용고시 최종 결과 발표일을 얘기하지 않아서 전화하기 전까지 부모님은 그날이 발표일인줄도 모르고 있었다.

나: 엄마, 나 임용고시 최종 합격했어.

엄마: 정말? 너무너무 축하해. 진영아 너무 고생 많았어. 엄마 너무너무 좋다. 아빠도 엄청 좋아하실 거야. 오늘 발표 난 거야?

나: 응.

엄마: 근데 왜 오늘 아침까지 아무 말도 안 했어?

나: 혹시 떨어질까 봐. 떨어졌는데 엄마 아빠가 계속 결과 기다릴까 봐 일부러 말 안 했어.

엄마: 정말 고생 많았다 우리 딸. 엄마 너무 행복하고 기쁘고 고맙다.

엄마와의 통화를 끝마치고 한동안 가만히 의자에 앉아있었다. 마음속이 미칠 것 같이 요동쳤고 복잡 미묘한 감정들이 들끓어 올랐다. 어린 시절부터 어제까지의 삶이 순식간에 머릿속에서 파노라마처럼 흘러갔다. 뭉클했지만 한편으로는 허한 느낌도 들었다. 그러다 피아노 뚜껑을 열어서 피아노를 치며 이 마음을 달랬다. 그때 마음을 다 녹여내어서 친 곡은 'Amazing grace'였다.

2월은 원래 시간이 빨리 간다고 흔히들 말하지만, 2018년의 2월은 나에게 굉장히 바쁘고 정신없어서 시간이 어떻게 흐르는지도 모르는 그런 달이었다. 2월 초에 임용고시 최종 합격을 확인한 후, 그다음 주에 시험 친 도시에 가서 숙소를 잡고, 일주일 동안 신규 교사 연수를 받았다. 그리고 연수 마지막 날인 금요일 오후 4시쯤에 3월부터 근무하게 될 학교가 발표되었다. 학교가 어디로 발표되느냐에 따라 지방에서 올라온 사람들은 그때부터 자취방을 구해야 했는데, 하필이면 그다음 주 월요일부터가 설 연휴였다.

연수를 끝마치고 금요일 저녁에 대구로 내려가서 발령받은 학교를 알렸고, 아빠는 그다음 날인 토요일에 내 학교 근처의 부동산에 연락했다. 그리고 설날 차례를 지낸 후 부모님과 나는 아빠가 토요일에 미리 연락해 놓은 부동산으로 갔다. 5시간 동안 운전하는 아빠가 피곤할까 봐 좀 죄송했지만, 그래도 한편으로는 설레기도 했다.

부모님과 같이 부동산 사장님이 보여주는 방을 두 군데 정도 봤다. 사장님은 이미 지금 2월 중순이라 대부분의 괜찮은 방은 많이 나갔고, 깔끔한 방은 신축이라서 좀 비싸다고 했다. 하지만 우리 모두 그 방이 제일 마음에 들었다. 나는 그날 생애 처음으로 월세 계약서를 썼다. 그리고 아빠는 보증금 500만 원을 부동산 사장님에게 그 자리에서 현금으로 건넸다. 아빠가 이렇게 준비를 다 해 왔다는 것에 놀랐고 너무 감사했다.

방을 계약하고 엄마는 당장 덮을 이불을 사야 한다며 그 동네에 있는 이불 가게로 아빠랑 나를 이끌었다. 이불을 사고 우리 가족은 인근 대형 마트로 가서 내가 쓸 살림살이를 샀고, 또 가구점에 가서는 옷을 수납할 가구도 샀다. 그렇게 하다 보니 어느덧 저녁 시간이 되어 저녁을 간단히 먹고 그날 계약한 자취방으로 다시 가서 배달 온 가구를 들였다.

엄마는 아빠가 장시간 운전으로 피곤할 테니 자취방에서 자고 그다음 날 아침에 대구로 내려가자 했지만, 아빠는 아침에 가면 차가 많이 막힌다며 배달 온 가구를 정리하고는 바로 대구로 내려가는 운전대를 잡았다. 그렇게 살 곳과 살림살이를 다 마련해 주고, 내려갈 때도 장시간 운전하는 아빠를 차 뒷좌석에서 나는 아무 말 없이 뒷모습만 바라보았다. 고마움과 미안함이 동시에 느껴지는 시간이었다.

설 연휴가 끝나자마자 앞으로 근무하게 될 도시로 다시 올라갔다. 3월부터 근무하게 될 중학교에도 찾아가서 인사했다. 굉장히 떨리는 마음으로 교무실 문을 열고 신규 교사라며 인사했는데, 아직도 그때가 눈앞에 선하게 기억나곤 한다.

그리고 시교육청으로 가서는 신규 교사 임명장을 무대 위에 올라가 받게 되었다. 이때까지는 참 행복했다. 하지만 그 행복은 그리 오래가지 않았다.

◆

2015년 12월은 참 견디기 힘든 시기였다. 돌이켜 생각하면 지금 다시 그때의 일이 닥쳐온다면 그때만큼 하지 못했을 것 같다. 그 시간 속에서 한쪽 눈이 보이지 않은 채로 많은 것을 해 나갔다.

2015년은 임용고시 공부를 처음 시작하면서 교생실습을 하고, 졸업논문을 쓰고, 갑자기 한쪽 눈이 안 보이게 됐고, 보이는 다른 한쪽 눈만을 의지하며 다른 도시로 임용고시를 보러 갔고, 졸업논문 심사 발표를 했고, 논문 심사 이후 졸업을 위한 절차들을 하나씩 밟아갔고, 입원했던 병원에 가서 소론도정을 받아 오면서 다발성경화증이 아니길 바라며 다발성경화증이라는 병에 대해서 계속 찾아봤던 그런 해였다. 그야말로 정신없는 한 해였다. 그러던 중 6년 전 맹목적으로 순수하게 좋아했던 한 사람이 생각났다.

그 사람은 당시 본인이 나보다 9살이니 많다며 나한테 또래의 사람을 만났으면 좋겠다고 내 마음을 거절했다. 그랬던 그를, 6년이 지나서 한쪽 눈이 보이지 않던 어느 날 막연히 다시 보고 싶어졌다.

2015년과 그로부터 6년 전은 매우 많은 차이점이 있는데, 그중 대표적인 것이 스마트폰의 유무였다고 해도 과언이 아닌 것 같다. 2010년 이전에는 스마트폰이 보급되기 전이었고 그때 나는 폴더폰을 썼다. 그래서 오로지 전화 문자로만 연락을 이어갈 때였다. 나보다 9살 많은 사람을 아무런 조건 없이 맹목적으로 무작정 좋아했고, 좋아하는 감정이 무엇인지 그때 처음 알게 되었다. 문자를 보내면 상대방의 확인 여부를 알 수 없어 오로지 상대방의 연락을 기다릴 수밖에 없었던 시절이었다.

그 사람에게 문자 한 통을 보내고 나면 온갖 생각에 사로잡혔다. '읽었을까? 아직 안 읽었을까? 읽었으면 왜

답장이 안 오는 걸까? 안 읽었다면 지금 많이 바쁜 건가?'
이런 생각에 사로잡혀 화장실에 손빨래하러 갈 때도 항상
휴대폰을 들고 갔다. 문자 알림 소리가 들리면 그 즉시 빨
래를 멈추고 휴대폰을 확인했는데 기다리던 답장이 아니
라서 아쉬워했던 기억이 아직도 생생하다.

　　순수한 마음으로 좋아했던 사람이었는데, 시간이 흐
르면서 나도 그 사람도 서로가 바빠서 그랬을까, 연락이
드물어지다가 스마트폰이 보급되던 시절 나는 휴대폰 번
호를 변경했다. 그러다 한동안 잊고 있었던 첫사랑이었는
데, 제일 힘들고 아플 때 그가 다시 생각났고, 죽기 전에
꼭 한 번은 다시 보고 싶다는 갈급함이 한쪽 눈이 안 보이
던 2015년 연말에 내 마음을 에워쌌다.

　　연락처를 몰랐기에 어떻게 하면 알 수 있을까 생각하
다가 번득 네이트온이 떠올랐다. 네이트온은 스마트폰이
보급되기 전, 싸이월드와 연동해 사용하던 메신저였는데,
당시 SK텔레콤 이용자가 네이트온에 휴대폰 번호를 등록
하면 네이트온 메신저로 문자 100통을 공짜로 보낼 수 있
었다. 그래서 SK텔레콤 이용자들은 거의 대부분 네이트온
에 휴대폰 번호를 등록했을 것이다.

나의 첫사랑도 나도 그 당시 SK텔레콤을 사용하고 있어서 네이트온으로 그 사람에게 문자를 보냈던 게 기억났다. 당장 컴퓨터를 켜서 네이트온을 검색하고 실행했는데, 문제는 거의 몇 년 만에 로그인하는 거라 아이디 비밀번호가 기억나지 않았다. 아이디 비밀번호 찾기를 통해 겨우겨우 로그인한 후 네이트온 친구 목록을 보니 그 사람이 있었다. 그리고 그 사람의 메일 주소와 휴대폰 번호도 확인할 수 있었다. 간절하게 원하면 이루어진다는 게 이런 건가 잠시 기쁨에 젖었다. 그때는 아직 다발성경화증 확진을 받기 전이었는데, 그 순간만큼은 아픔의 굴레에서 잠시 벗어난 것만 같았다.

그의 휴대폰 번호를 내 휴대폰에 저장하고 카카오톡 친구 목록을 확인하니, 카카오톡 프로필 사진에 그 사람 사진이 떴다. 당장이라도 전화하고 싶었지만 그 사람의 나이를 생각해 보니 삼십 대 후반일 테고, 어쩌면 결혼했을 수도 있을 것 같았다. 그래서 바로 전화하는 건 예의가 아니라 생각이 들어 네이트온에 나오는 메일 주소로 메일을 써서 보냈다.

메일을 보내고 일주일이 지나도 수신 확인란에 확인이

안 된 채로 나와 있어서 카카오톡을 보내기로 결심했다. 떨리는 마음으로 카카오톡 메시지를 썼고, 메시지의 숫자 1이 없어지기만을 바라고 있던 찰나 숫자 1이 사라졌다. 메시지를 쓸 때보다 더 떨리는 마음으로 답장을 기다렸다. 그런데, 숫자 1이 사라졌는데 답장이 오지 않아서 조금 더 기다릴까 하다가 에라 모르겠다는 심정으로 전화를 걸었다. 전화 신호음이 한 번, 두 번 울릴 때마다 내 심장은 터질 듯이 뛰었다. 그러다 들리는 "여보세요."

그: 여보세요.

나: 네, 여보세요. 혹시 김○○씨 폰 맞습니까?

그: 응, 진영아.

나: 내 번호 바뀐 번호인데 내가 진영인지 어떻게 알아요?

그: 내가 알고 있던 여자 중에서 대구 사투리 썼던 사람은 너밖에 없어서….

나: 아…, 그렇구나. 사실 지난주에 네이트온 몇 년 만에 다시 로그인해서 오빠 폰 번호 알게 됐고 바로 전화하려다가 혹시 결혼했을까 봐

바로 전화 안 하고 이메일을 보냈어요. 그런데 일주일이 지나도 이메일 확인을 안 하는 거 같아서 조금 전 카카오톡을 보냈거든요. 오빠가 카카오톡 확인하고도 답장이 없어서 오빠 휴대폰 번호가 아닌 건가 싶어 전화했는데 내 이름을 바로 부르길래 놀랐어요. 잘 지냈어요?

그: 너한테 방금 카카오톡 답장 쓰고 있는 중이었는데 전화가 왔네. 그리고 이메일은 내가 몇 년째 확인 안 해서 메일 몇만 개 쌓여있을 거야.

나: 혹시…, 결혼했어요?

그: 아직 안 했어.

나: 근데 오빠 나 지금 많이 아파요. 그래서 죽기 전에는 꼭 한번 오빠를 다시 보고 싶어서…, 무작정 연락해 봤어요.

그: 그랬구나. 안 그래도 네가 카카오톡 준 거 보고 많이 아픈 건가 걱정이 들었어. 근데 진영아, 너 왜 갑자기 존대하니?

나:　　너무 오랜만이기도 하고, 오빠야도 이젠 아저
　　　씨 나이니까…. 그럼 옛날처럼 다시 반말할게.
　　　아무튼 나한테 이런 병이 올 줄 몰랐는데, 인
　　　생 참 그렇네….

　길게 통화하지는 않고 전화를 끊었지만, 아직도 2015년
12월에 했던 통화 내용이 한 시간 전에 했던 것처럼 생생
히 기억난다. 이후에 연락을 몇 번 더 하면서 2016년 3월
7일에 내가 그를 만나러 청주로 가게 되었다.

　3월 7일 월요일과 8일 화요일, 1박 2일에 걸쳐서 청주
에 다녀왔다. 경북대학교에서 박경희 선생님과 상담한 뒤
오후 4시 반에 도착한 곳은 동대구역이었다. 그리고 바로
청주 오송역으로 가는 ktx를 탔다. 기차 안에서 참 많은
생각들이 오갔다. 집에는 교육학 특강 들으러 서울 갔다가
친구 집에서 자고 온다고 미리 거짓말을 해 놓고 나왔는
데, 기차를 타기 전까지는 부모님에게 죄송한 마음이 들었
다. 그런데 기차를 타고 나서부터는 오히려 홀가분하고 편
한 기분이었다.

　오송역에 도착하기 직전, 그와 통화를 했고 주차장으

로 오라는 말을 들었다. 아직 완벽하게 시력이 되돌아오지 않은 눈으로 주위를 두리번거리며 오송역 주차장에서 그 사람을 찾아 헤맸다. 우리는 다시 통화를 했고, 나는 그가 알려주는 방향으로 천천히 걸어갔다.

그렇게 우리는 6년 만에 다시 보게 되었다. 당시 나는 고용량 스테로이드의 부작용으로 몸이 부어있었는데, 이걸 잘 모르는 사람들은 내가 살이 많이 찐 것처럼 보였을 거다. 이런 모습으로 그 사람을 다시 만나기 싫었는데 그래도 다시 보니 반가움만이 주위를 감쌌다.

우리는 3월 초 추운 날씨에 오송역 야외 주차장에서 서로를 아무 말 없이 옅은 미소를 지으며 가만히 바라만 보고 있었다. 그러다 그가 말문을 트면서 침묵이 걷어졌다. "진영이 많이 예뻐졌네."

그 말을 들으면서 '안 아팠으면 더 예쁘게 보일 수 있었는데…'라고 생각하며 그의 차에 올라탔다. 그의 동네로 가고 있는 차 안에서 뭘 먹을지 이야기했지만, 딱히 먹고 싶은 것이 떠오르지 않았다. 그래서 괜히 싱거운 농담을 했다. 바닷가재, 킹크랩, 스테이크 등등의 음식을 이야기했지만, 그런 것들이 먹고 싶어서 이야기한 건 아니었다.

그 순간 나한테는 그 사람과 같이 먹는 게 중요한 거지, 뭘 먹느냐는 중요하지 않았다.

차를 그의 아파트 주차장에 주차한 후 같이 동네를 걷다가 근처 식당으로 들어갔다. 순대국밥집으로 들어가서는 둘 다 순대국밥을 시키고, 그는 일하고 와서 피곤하다며 소주를 시켰다.

나에게도 처음엔 그가 술을 권했지만, 나는 소주잔에 사이다를 부어서 함께 술잔을 기울였다. 그리고 2차로 맥줏집으로 갔다. 맥주는 정말 마시고 싶어졌다. 병원에서는 술을 못 마시는 건 아니라 알려줬었지만, 혹시 몰라서 맥주를 주문하기 전에 주사 담당 간호사한테 카카오톡으로 맥주를 마셔도 되냐고 물어봤다. 맥주 몇 잔 정도는 마셔도 괜찮다는 답장을 받고는 조금 가벼워진 마음으로 스스로를 합리화시키면서 반년 만에 맥주를 들이켰다.

그와 이런저런 이야기를 하다가 그가 나에게 6년 전보다 많이 성숙해진 것 같다고 했다. 그땐 정말 아무것도 모르는 애기였던 것 같았는데, 지금은 아니라는 생각이 든다고 했다. 나는 그가 나에게서 느끼는 것만큼의 낯섦이나 다름이 그 사람에게서 느껴지진 않았다. 그래도 '6년이라는 시간이 흐르긴 흘렀구나. 예전엔 멋있어 보였는데, 지금은 다 그래 보이진 않네…'라는 생각이 들긴 해도 크게 눈에 띄게 달라진 게 느껴지진 않았다.

이후로 이성에 관한 이야기, 만남과 헤어짐, 그리고 나이를 먹으면서 자연스럽게 달라지는 것들에 대한 이야기들을 했다. 그 사람 형이 아직 결혼을 안 했다고 말하길래, 그럼 나랑 소개팅 약속을 잡아 보라고 웃으며 말하자 그는 11살 차이 정말 괜찮겠냐고 물었다. 나는 바로 괜찮다고 했고, 오히려 오빠야가 괜찮겠냐고 반문했다. 그래서 그는 자신이 안 괜찮을 것 같다고 했다. 내가 너한테 형수님이라고 하면서 존댓말을 어떻게 할 수 있겠냐며 웃었고, 나는 오빠야한테 충분히 도련님이라고 부를 수 있다며 싱거운 농담을 이어갔다.

그 사람은 내 나이가 참 부럽다고 했다. 그때 자신이 못 해 본 것들이 생각나고, 그게 후회되니까 진영이 너는 그렇게 후회하지 않았으면 좋겠다고 했다. 사랑과 일을 둘 다 하는 게 참 어렵고 힘들긴 한데, 지나고 나니 그 순간 그 두 가지를 다 하지 못했던 게 참 아쉽고 후회가 된다고 했다. 그래서 내가 그건 둘 중 하나만 하는 것도 참 어렵지 않냐고, 둘 다 하는 건 둘 다 놓칠 수도 있을 것 같지만, 나도 일과 사랑 둘 다 하고 싶긴 하다고, 그렇지만 아직 자신은 없다고…. 이런 말을 주고받으며 우리는 같이 또 웃었다.

그렇게 시간을 보내며 맥주를 한 모금씩 들이켜다 보니 어느 순간 내 맥주잔이 비게 되었고, 그는 바로 내가 마실 맥주 한 잔을 더 시켜줬다. 그 모습을 보고 말리진 않았다. 그 사람을 보고 싶다는 생각 하나만으로 모든 것을 따지지 않고 바로 청주로 오게 된 것처럼, 그렇게 그 순간을 아무 걱정 없이 조금 더 편하게 즐기고 싶었다. 6년 만에 다시 만난 첫사랑과 같이 맥주 한잔 기울이는 이 순간은 앞으로 다시는 오지 못할 순간일 것 같았으니까….

맥주 한 잔을 더 마시고, 그 사람의 집으로 가기 전에 "진영이는 오빠를 믿을 수 있어? 남자 혼자 사는 집인데 겁도 없이 재워달라고 그래?"라고 웃으면서 그가 말했다. 그 질문에 "오빠야를 못 믿었으면 애초에 내가 청주로 오지도 않았고, 아파서 죽기 전에 다시 한번 더 보고 싶어서 온 내가 뭐가 더 겁나겠어?"라고 웃으면서 대답했다. "그럼 진영이 네가 내 방에서 자고 나는 거실에서 잘게"라고 그가 말했고 그렇게 우리는 같이 집으로 향했다.

나는 갈아입을 옷을 챙겨가지 않아서 그가 본인 옷을 내줬다. 예전의 나였다면 절대 그의 집에 갈 수도 없었을 거고, 그의 옷도 입지 못했을 것이다. 그런데 그날은 그저 친한 사촌오빠 집에 간 것처럼 편했다. 아니 어쩌면 친한 사촌오빠 집이라 해도 조금은 불편했을 법도 한데, 그때는 왜 그리 편했을까…. 왜 그저 내 집처럼 느껴졌을까….

손이 보이지 않는 긴소매의 티셔츠, 길어서 바닥에 끌리는 바지로 나는 갈아입었다. 이어서 그는 냉장고 문을 열고 나에게 "요플레 먹을래?"라고 물어 냉장고 안에 있는 사과가 먹고 싶다고 했다. 그래서 그가 깎아 먹으라고 하자 "오빠야가 깎아주면 안 돼?"라며 투정을 부리다가 내가 깎아 먹겠다고 하자 나를 한사코 말리며, 나보다 본인이 더 잘 깎는다며 사과를 깎아줬다. 그 모습을 보면서 이 사람 사과 깎는 게 보통 아니라는 생각이 들었다. 그리고 사과 깎는 뒷모습을 보면서 '어깨가 참 넓구나, 어깨는 옛날이랑 똑같네'라는 생각이 들면서 그 모습이 옛날처럼 잠시 멋있게 보이기도 했다. 그러다 그는 거실에 누워서, 나는 앉아서 잠시 나의 이야기를 했다.

'나는 그저 오빠를 꼭 한번 다시 보고 싶었다'는 말을 서두로 내뱉었다. 더 늦기 전에 꼭 한번 보고 싶었다. 정말 죽기 전에 말이다. 내가 지금 당장 죽을병에 걸린 건 아니지만, 사람 일이라는 게 정말 어떻게 될지 아무도 알 수 없다는 것을 최근 들어서 아주 절실히 느끼게 되면서 빠른 시일 내에 꼭 한 번은 다시 만나고 싶었고, 그게 오늘이 될 줄은 나도 며칠 전까지만 해도 알지 못했다고…. 이렇게 다소 무리를 감행해서까지 오늘 오게 됐다고….

그러자 그도 말했다. 얼마 전, 우리가 통화할 때 내가 죽기 전에는 우리 다시 한번 볼 수 있겠냐고 했던 말이 그냥 농담처럼 느껴지진 않았다고. 정말 그 말이 와닿았고, 본인도 나를 한번 보고 싶어서 막연하게 "그래, 우리 한번 보자"라고 말한 거였는데, 내가 구체적으로 3월 7일 월요일에 보자고 해서, 그 사람은 내가 죽기 전에 우리 다시 한번 꼭 보자고 했던 말이 절대 그냥 하는 말은 아니었다는 것을, 그래서 또 나에 대해서 다시 생각해 보게 되었다고 말했다.

이어서 나는 이젠 어제도 내일도 생각 안 하기로 했고 그건 중요하지 않다, 나는 오늘 지금 이 순간이 제일 중요하다, 그래서 더 늦기 전에 꼭 보고 싶었다고, 그리고 오늘 나를 만나줘서 정말 고맙다고 하니 그 사람은 덧붙여서 말을 이어 나갔다. 그 말이 본인의 마음에 참 와닿았다고…. 그리고 이 말을 마지막으로 그는 거실에 누워있던 그대로 잠이 들었다. 나도 그 거실 바닥에 누워서 잠시 잠들었다가 새벽 1시쯤에 잠에서 깼다.

여전히 거실 불은 켜져 있었다. 그가 잠든 모습을 가만히 앉아서 바라보며 우리가 처음 알게 되었을 때를 거슬러 올라가며 많은 생각에 잠겼다. 그렇게 가만히 바라보기를 30분 정도, 나는 그 사람의 방으로 들어가서 다시 잠을 청했다. 처음 와 본 곳인데도 참 편하게 잠이 들었다.

다음 날, 드라이기로 머리 말리는 소리에 잠에서 깼다. 그러다 이제 좀 일어나 볼까 하는 생각이 드는 와중에 현관문이 닫히는 소리가 들렸다. 그 소리에 부리나케 일어나서 방문을 열고 거실로 나가보니 그가 없었다. 그 순간 잠에서 막 깨서 머리가 산발인 것도 신경 쓰이지 않았고, 빨리 그를 찾아야겠다는 생각밖에는 없었다. 신발 신을 겨를도 없이 맨발로 현관문을 뛰쳐나가 복도를 뛰어가니 엘리베이터 앞에 그가 서 있었다. 내가 "오빠야"라고 부르자,

그는 살짝 웃으면서 맨발인 나에게로 걸어왔다.

나: 오빠야, 이렇게 가면 안 돼. 인사는 하고 가야
지. 잠시만 집 안으로 들어와 줘.

그: 그래, 들어가자. 그런데 진영아, 너 왜 신발도
안 신고 맨발로 나왔어?

나: 오빠야 갔을까 봐….

이렇게 우리는 다시 집 안으로 들어와서 그 사람은 현
관 신발장 앞에 신발을 신은 채로 서 있고, 나는 현관 바로
앞 거실 장판이 깔린 곳에 서서 우리는 서로를 마주 봤다.

그: 지금 출근해야 해서 나가야 하는데 너 혼자
두고 가게 돼서 미안해.

나: 괜찮아.

그: 어제도 잘 못 챙겨준 것 같아서 미안하네. 냉
장고에 밥 있으니까 아침 챙겨 먹고, 쉬다가
조심히 내려가.

나: 오빠야, 어제 나 만나줘서 너무 고마워.

그: 나도 너 다시 봐서 좋았어. 그런데 진영아, 너 임용고시 준비했던 거 건강 괜찮아지면 다시 해 봐. 넌 왠지 임용고시 붙을 거 같아. 교사 하면 정말 잘할 것 같아. 그러니까 꼭 다시 도 전해 봤으면 좋겠어.

나: 응, 고마워.

그: 그래. 그럼 오빠 이제 출근할게. 또 봐.

그 사람의 "또 봐"라는 마지막 말에 아무런 대답을 할 수 없었다. 그저 '우리가 과연 또 볼 수 있을까? 이게 마지막이야, 오빠 잘 지내'라는 말을 마음속으로만 되뇌며 옅은 미소를 지었다. 그러다 잠도 아직 다 덜 깬 상태에서 두 눈을 아주 크게 뜬 채로 "오빠야, 잘 가, 안녕"이라는 말을 힘 있게 하며 손을 흔들자, 그도 크게 웃으며 손을 흔들고 현관문을 나섰다. 그가 나가기 전 마지막 뒷모습의 잔영이 상당히 오래 머물러 있어서 그 자리에 선 채로 한동안 현관문을 가만히 바라만 보고 있었다.

그가 출근하고 나서 내 휴대폰 배터리가 얼마 안 남은 것을 확인하고 그에게 연락해서 충전기가 어디 있는지 물었다. 알려준 대로 찾아봤지만, 충전기를 못 찾아서 결국 포기하고, 오전 10시쯤 아침을 먹기 시작했다.

집주인도 없는 곳에서 혼자 아침을 차려 먹는 꼴이 참 웃기다가 곧 처량하게 느껴져서 목과 두 눈이 뜨거워지기 시작했다. 그래도 전자레인지에 해동시킨 밥 한 그릇은 다 먹어야지, 남기면 안 되지, 라는 생각에 혼자 웃으면서 울면서 꾸역꾸역 먹었다. 밥을 다 먹고 마실 물을 찾아보니 어제 내가 거의 다 마셔버려서 마실 물이 없었다. 물은 끓여놓고 가도 괜찮겠다는 생각에 물을 끓이고 보리차 티백을 넣었다. 물이 식는 동안 어제 내가 먹다가 남겨 둔 사과를 마저 다 먹고 요플레도 먹었다. 어제 그가 나한테 먼저 "요플레 먹을래?"라고 물었으니까 오늘 하나 먹어도 괜찮겠지 싶어서 먹었다.

냉장고 안에 요구르트가 너무 많이 쌓여있어서 유통기한을 보니 4일이나 지난 거였다. 어차피 날짜 지난 거니까 여기에 더 있으면 버리기밖에 더 하겠나 싶어서 요구르트도 하나 마시고 설거지를 하는데 나도 참 웃긴다 싶었다. 지금 주인도 없는 집에 혼자 있으면서 챙겨 먹을 건 다 챙겨 먹는구나 싶어서 설거지하는 중에 다시 웃음이 나왔다.

설거지를 다 하고 집에서 나가기 전, 나는 그에게 편지를 썼다. 원래 편지를 쓸 생각은 없었는데, 갑자기 쓰고 싶어졌다. 편지를 쓰려고 종이를 찾아봤는데 쓸 만한 종이가 보이지 않아서 결국 내 가방에 있던 책의 한 장을 찢어서 편지를 썼다. 여태까지 살면서 책을 찢은 적은 한 번도 없었는데, 그 순간만큼은 편지 한 장 못 남기고 가는 게 아쉬워서 책 여백이 있는 장을 찢어서 편지를 썼다. 처량하게 느껴지기도 했고, 이젠 이곳도 안녕이구나, 라는 생각도 들었고, 오빠가 잘 살았으면 좋겠다는 생각, 다시 내가 있던 곳으로 돌아갈 생각 등등…. 편지를 쓰는 동안 여러 생각들이 엉켜서 마음이 복잡해졌다. 그때의 감정을 잊고 싶지 않아서 배터리가 얼마 남지 않았지만 다 쓴 편지를 휴대폰으로 사진 찍었다.

내 글씨로 가득 찬 편지 한 장을 그의 방 안 배게 위에 두고 그 집을 나섰다. 현관 앞에서 신발을 신고 다시 한번 뒤돌아 둘러보는데, 하루 전의 일들이 왜 이리 오래된 것처럼 느껴질까…. 아직 하루도 다 지나지 않았는데 왜 이리 몇 년 전보다 더 오래된 기억처럼 아련하게 느껴지는 건지, 생각에 잠시 젖어 들다가 현관문을 열고 나왔다. 일 장춘몽이라는 게 이럴 때 쓰는 말이라는 걸 새삼 느끼며 청주 오송역으로 발걸음을 향해 갔다.

기차를 타고 대구로 내려가는 동안 눈물이 자꾸 흘러 내렸다. 또다시 두렵고, 무섭고, 막막했다. 나는 앞으로 어떻게 살아야 하는 걸까…. 1박 2일이라는 시간 동안 다발성경화증이라는 병과 내가 처한 여러 상황, 그리고 잠시나마 앞으로 해야 할 것들을 잊고 있었는데, 다시 또 그것들과 부딪히게 되는 현실로 가고 있는 그 순간이 참 힘에 부쳤다.

기차 안에서 소리도 못 내고 눈물만 계속 흘리고 있는 와중에 그에게 전화가 왔다. 그 상황에서 전화를 받을 용기가 나지 않아서 받지 못했다. 그러자 그 사람한테 카카오톡이 왔는데, 나는 카카오톡도 확인하지 못했다. 이후에 그한테서 두 통의 전화가 더 왔지만, 그때는 휴대폰 배터리가 없어서 전화를 받지 못했다.

대구에 도착해서 휴대폰 베터리를 충전하고 감정을 좀 추스른 후, 일부러 아주 밝은 목소리를 내려고 노력하면서 그에게 전화를 걸었고 잘 도착했다고 말했다. 그리고 '나는 지금 오늘을 살아간다'고 마음속으로 계속 되뇌며 집으로 걸어갔다.

2016년 3월, 그와 만난 이후 2018년 1월까지 그에게 단 한 번도 연락하지 않았다. 그러다 2018년 2월, 마지막으로 카카오톡을 보냈다. "오빠야 2년 전에 청주에서 오빠야가 나한테 몸 회복되면 임용고시 다시 준비하면 좋겠다고 그랬잖아. 교사하면 잘할 것 같다고…. 그래서 나 작년에 임용고시 준비했는데 이번에 합격해서 지금 신규 교사 연수받으러 연수원에 와 있어. 2년 전에 나한테 다시 임용고시 준비해 보라고 말해 줘서 고마웠어. 그 말이 임용고시 공부하면서 많이 생각났어. 이 소식은 오빠야한테 꼭 전해주고 싶어서 연락했어. 오빠야 잘 살아. 나도 잘 살게. 안녕." 이렇게 보낸 후 내 휴대폰에서 그 사람의 연락처를 지우고, 카카오톡 친구 목록에서도 삭제했다. 요즘도 이따금 생각날 때가 있지만, 그럴 때마다 아련하게 미소 지으며 그 사람을 내 마음속에서 보내주곤 한다.

4부

그리고 또 5년

치열했던
다사다난했던
5년, 그리고

또다시 5년

숨기려고만 했던
시간들에서 벗어나다

2018년 3월 2일 1교시, 첫 수업을 했다. 중학교 2학년 남자반이었다. 발령받은 학교는 남녀공학이었지만, 남자반과 여자반으로 나누어져 있었다.

막연했던 첫 수업이라서 그런지 수업시간 45분을 채우는 게 쉽지 않았다. 첫 시간이니까 간단하게 나를 소개한 후 교실에 앉아있는 서른 명의 남학생들에게도 자기소개를 시켰다. 학생들의 다소 어색한 자기소개 시간이 끝나고 이번 학기 수업 계획과 평가 계획, 그리고 각 평가에 부여되는 점수를 안내했다. 이렇게 하다 보니 수업이 끝나는 종소리가 울렸고, 마음 졸이던 첫 수업을 끝냈다.

시간이 흘러 수업 연구도 하고, 교무실에 계시는 선배 선생님들에게 학생 지도와 수업 진행 방법 등을 물으면서 나의 부족함을 채워보려고 노력했다.

그러던 어느 날, 남자반 수업 시간에 수업하던 중 뒷자리에 앉은 학생이 나의 모습을 따라 하는 듯한 느낌을 받게 되었다. 그때 나는 그 모습을 일부러 못 본 체했고, 수업이 끝난 후에도 그 학생에게 딱히 아무 말도 하지 않았다. 그 이후부터 남학생들의 짓궂음이 점점 더 심해졌다. 수업 시간에 나의 불편한 모습을 따라 하고 웃으며 수업을 방해하는 학생들이 하나둘 늘어났다. 하지만, 그때도 그 상황을 피하려고만 했다. 꼭 초등학교에 다닐 때 나를 괴롭히고 놀려댔던 애들한테 아무 말 못 했던 것처럼 말이다.

이후, 쉬는 시간에 복도를 걸어 다녀도 몇몇 남학생들이 내 뒤로 줄지어 걸어 다니며 나의 불편한 모습을 더 극대화하고 희화화시켜서 따라 했다. 하루하루 점점 더 남자반 수업에 들어가는 게 싫어졌고 그런 상황을 마주할 때마다 초등학생 때가 생각나면서 무서워졌다. 당연히 수업 시간은 난장판이 되어갔고, 수업을 방해하는 학생들한테 주의를 줘도 학생들은 나의 지도를 듣지 않았다. 교사가 아니라, 수업 시간의 놀림감이 된 것만 같았다.

그러다 큰 문제가 생기게 되었다. 어느 날 수업을 하던 중, 갑자기 앞에 앉아있는 남학생이 초등학교에 다닐 때 나를 수없이 괴롭혔던 애들처럼 보이기 시작하게 된 것이다. 너무도 혼란스럽고 두려워서 내면의 자아와 현실의 자아가 내 안에서 끊임없이 부딪히며 나 자신을 괴롭혔다.

퇴근하고 집에 도착해서도 계속 이 문제를 어떻게 극복할 수 있을지 고민했다. 그해 2월 신규 교사 연수를 들을 때만 하더라도 이런 문제를 마주하게 될 줄은 생각지도 못했다. 그저 수업하면 학생들은 조용하게 앉아서 수업을 들을 줄 알았는데, 생각과는 완전히 반대인 현실이었다. 발령받은 지 고작 두 달 남짓된 신규 교사에게는 이러한 현실이 참혹하게 느껴졌다.

'내가 초등학교에 다닐 때 놀림 받고 괴롭힘당했던 걸 어떻게 지금 학생들한테까지 다시 당하게 되는 걸까…. 나는 앞으로 교사 생활을 제대로 할 수 있을까….'

5월 중순의 어느 날, 단단히 결심하고 수업을 하러 남학생 교실로 갔다. 그리고 가만히 앉아있는 학생들을 한 명씩 바라봤다. 여느 때와는 다른 나를 학생들도 의식한 건지 그날따라 아무도 떠들지 않고 조용히 있었고, 이내 나는 말문을 열었다.

나: 여러분들 중에서 선생님의 행동을 웃으면서 따라 하고, 더 확대해서 따라 하는 애들이 있는 거 나는 다 알고 있었어. 너희가 언제까지 하는지 벼르고 지켜봤는데, 내가 아무 말 안 하니까 더 심하게 하더라. 왜? 그렇게 하니까 재미있었어? 선생님이 여러분들 처음 만났던 3월 초에 내 소개를 할 때, 이제는 우리나라도 인식이 많이 바뀌어서 불편한 사람들을 만나게 되어도 불편한 모습을 따라 하거나 놀리거나 비웃는 그런 저급한 행동은 하지 않겠지 라고 생각했고, 그래서 여러분들한테 내 몸에 대한 이야기는 안 했어. 그런데, 아니더라? 야, ○○○ 너, 쉬는 시간에 선생님 뒤 따라다니면서 선생님이 불편한 모습 보였던 것들 더 크게 확대해서 따라 하니까 기분 좋았어? 재밌

었냐? 어?

그때 내가 지목했던 학생은 대답을 하지 못했다. 그저 고개 숙이고 가만히 있었다. 나는 계속 말을 이어갔다.

나: 선생님이 착각했던 것 같아. 나는 여러분들이 초등학생도 아닌 중학생이라서, 그리고 선생님보다 키도 더 큰 학생들이 많아서, 몸이 큰 만큼 상대방을 배려하는 마음도 클 거라 생각했는데 아니었던 것 같아. 내가 너희를 너무 과대평가했던 것 같다.
　　　　그래, 선생님은 여러분들이 지켜봤듯이 몸이 좀 불편해. 어렸을 때 열이 심하게 나서 그 후유증으로 뇌성마비 장애가 왔고, 몸의 왼쪽 전체가 다 불편해. 내가 학교 다닐 때는 걷는 것도 말하는 것도 지금보다 훨씬 더 많이 불편했어. 그래서 나는 성인 되기 전까지 집에서 혼자 책 읽은 걸 녹음했어. 녹음한 걸 다시 들으면서 발음이 안 되는 것들 체크하고 말하는

거 연습했어. 또 매일 걸어 다닐 때마다 똑바로 걸으려고 의식하면서 걸었어. 의식하고 걷는 게 습관이 돼서 요즘도 걸을 때면 의식하고 걸어. 웃을 때 나도 모르게 입 삐뚤어진다고 어릴 때 부모님이 말씀해 주셔서 그 말 들은 후로 항상 거울 보면서 혼자 웃는 거 연습하고…. 나는 그렇게 살아왔어.

맞아. 여러분들이 봤을 때 나는 아직 불편한 모습이 보일 때가 있을 거야. 그런데 선생님은 다른 사람들한테 내가 어떤 모습으로 보이는지 잘 몰라. 왜냐하면 내 앞에 항상 거울이 있는 건 아니니까, 당연히 어떻게 보이는지 알지 못해. 그렇다고 너희가 나의 불편한 모습을 극대화해서 따라 하는 것만큼 내가 다리를 질질 끌면서까지 걷진 않았던 것 같은데, 아닌가? 왜 대답을 못 하지? 맞아, 아니야?

학생들은 계속 아무 말 하지 않았지만, 내 이야기를 귀담아듣고 있다는 느낌은 강하게 들었다.

나:　　　얘들아, 선생님이 자세한 내 소개를 두 달이 지나서야 이렇게 하게 되어서 한편으론 좀 미안하기도 해. 그런데, 분명히 말할게. 이 시간 이후부터 선생님의 불편한 모습을 흉내 내거나 수업 시간에 방해하는 학생들이 보이면, 선생님은 절대 이전처럼 가만히 있진 않겠다는 거 명심해라. 대답 안 해? 대답!

학생들: 네.

이후 각 반의 수업 시간마다 이러한 나의 이야기를 했다. 물론 나의 불편함을 놀려대던 학생들이 없었던 반에서는 위에 적힌 것처럼 말하진 않았고, 담담하게 나의 몸에 대해서 말했다. 그리고 그날 이후부터는 더 이상 학생들이 나의 불편함을 따라 하면서 웃는 모습을 보이지 않았다.

발령받은 지 2달이 지나서야 깨닫게 되었다. 내가 숨기려고 할수록 학생들은 더 잘 안다는 것을…. 방법은 물론 잘못되었지만, 학생들이 나를 놀려대던 나쁜 행동들이 어쩌면 나한테 솔직하게 말해 달라는 학생들의 아우성이었는지도 모른다는 것을….

그리고 다짐했다. 앞으로 매년 3월 각 반의 첫 수업 시간마다 내 소개를 할 때 반드시 나의 불편함도 당당하게 말하겠노라고!

나를 끊임없이 괴롭혔던
"반추"

교사로서 처음 겪게 되는 일이 참 많았던 1년 차 신규 교사 시절을 무사히(?) 보내고, 다음 해 2년 차가 되었다. 내가 이전 해에 다짐했던 것과 같이 2년 차 첫 수업에서 내 소개를 할 때 몸이 조금 불편한 것도 말했다. 학생들에게 먼저 숨김없이 소개하자, 작년에 겪었던 안 좋은 상황은 더 이상 일어나지 않았다.

그런데 어느 순간부터 "반추"라는 증상에 시달리게 되었다. 나도 이 증상이 반추라는 것을 병원 진료를 통해 알게 되었다.

언젠가부터 퇴근하고 집에 돌아오면, 그날 학교에서 근

무할 때 내가 한 행동들이나 내가 했던 말 한마디, 또는 다른 사람들이 나한테 한 행동이나 말 한마디가 끊임없이 생각났다. 아무리 스스로 생각하지 말자며 마음을 다잡아도 잠들기 전까지 어떤 생활을 하든, 머릿속 한쪽에서는 한 가지의 생각이 끊임없이 났다. 잠들 때까지 생각났고, 아침에 잠에서 깼을 때도 제일 먼저 생각났다.

생각하지 않으려고 발버둥 칠수록 생각나는 현상은 더 강해졌다. 끊임없이 생각나는 한 가지는 다른 생각으로 뒤덮어 버릴 때까지 지속되었다. A라는 생각이 끊임없이 나다가 B라는 사건이 생기면, A라는 생각에서는 벗어나게 되지만 또다시 B라는 생각이 끊임없이 나의 머릿속을 에워쌌다. 이 굴레에서 너무 벗어나고 싶었다.

시간이 갈수록 한 가지 생각만 계속 나게 되는 현상에서 지쳐만 갔다. 그러다 이 현상은 결국 자신을 갉아먹게 되는 상황에까지 이르게 되었다. 나 자신에게 화살을 돌리게 되면서 점점 더 안 좋은 생각들이 나의 전부를 잠식해 버렸다.

학교에서 수업할 때는 웃으면서 수업하고, 학생들에게는 항상 긍정적으로 생각해라, 할 수 있다, 포기하지 말라며 온갖 좋은 말을 다 해 줬지만, 정작 자신에게는 그렇게 하지 못했다. 혼란스러움은 점차 가중되었고, 이런 내가 싫어졌다. 학생들에게는 항상 자신감을 가지라고 말해줬지만, 정작 나는 모든 것에 자신감이 사라져 갔다.

결국 '나는 뭐 하러 사는 건가…'라는 원초적인 생각에 빠져들었다. 휴일이면 이런 생각들이 더욱 심해졌다. 한번은 냉장고에 보관하고 있던 다발성경화증 주사약을 쓰레기 봉지에 넣어서 버리기도 했다. 지금도 스스로 주사를 맞는 게 유쾌하진 않지만, 몇 년 전까지만 해도 냉장고 문만 열면 보이는 주사약이 정말 지긋지긋하게 싫었다.

주사약을 버리고 나면 마음이 홀가분해질 줄 알았다. 그런데 오히려 내 마음속은 온갖 "화"로 가득 차게 되었다. '어차피 주사 맞아도 이 병 완치 안 되는데 뭐 하러 맞아? 그냥 이렇게 살다가 못 걷게 되고 안 보이게 되고 감각도 못 느끼게 되겠지'라고 생각하다가 절규하듯이 엉엉 울었다.

한참을 울다가 나중엔 지쳐서 멍하게 앉아있는데 어느 순간 정신이 번쩍 들었다. '내가 아까 무슨 짓을 한 거야…. 이 약이 얼마짜리 약인데…'라는 생각이 갑자기 든 것이다. 바로 밖으로 나가서 쓰레기 봉지를 확인했다. 다행히 그대로 있어서 그걸 다시 들고 집으로 왔다. 그리고는 묶었던 봉지를 풀어서 냉장고에 주사약을 다시 넣었다.

아무리 다발성경화증 치료제인 주사약의 여러 부작용 중 우울증과 자살 충동이 있다고 해도, 이렇게까지 심해질 줄은 몰랐다. 이런 상황들을 도저히 혼자서 감당할 수 없었다. 며칠 동안 병원에 갈지 말지를 계속 생각했지만 쉽게 병원으로 발걸음을 떼진 못했다. 그러다 어느 토요일 아침에 눈을 떴는데 그 상태로 몇 시간 동안 누워있다가 이내 눈물이 났다. 이대로 계속 울다간 정말 쓰러질 것 같아서 씻지도 않은 채로 모자를 푹 눌러쓰고는 집 앞 정신건강의학과 병원으로 갔다.

진료실에 들어가서 원래 뇌성마비 장애가 있는데 이 장애를 스스로 수용하기까지 참 오랜 시간이 걸렸다, 그런데 이제 좀 남들처럼 살아보나 할 때쯤에 다발성경화증이라는 병이 왔다, 그래서 너무 억울하고 아직도 이 모든 것을 스스로 수용하는 게 힘들고 화가 난다고 말했다. 그러자 의사 선생님의 첫 말이 "아이고"였다. 그래서 "다발성경화증 확진 이후에 내과, 피부과, 이비인후과 같은 동네

병원에 갈 때마다 복용하는 약이 있냐는 질문에 제가 다발성경화증으로 인터페론 주사를 맞는다고 말하면 대부분 의사 선생님들이 '아이고'라고 하시던데 선생님도 똑같네요?"라고 말했다.

그러자 의사 선생님은 "그 병이 어떤 병인지 잘 아는데 의사로서 해 줄 수 있는 게 없어서 너무 안타까워서요. 아마 다른 의사 선생님들도 그런 마음이 들어서 아이고, 라고 하셨을 거 같아요"라고 대답했다.

그날 진료실에서 거의 한 시간 가까이 상담했다. 의사 선생님은 나의 말을 들으면서 여태까지 너무 고생 많았다는 말로는 다 할 수 없을 만큼 대단한 삶을 살아온 거고, 병원에 참 잘 왔다며 위로해 주었다.

그렇게 한동안 정신건강의학과 병원에서 매주 한 번씩 상담 치료를 받았고, 여태까지 하나의 생각에 꽂혀서 계속 내면을 괴롭혀 온 증상은 반추 증상이라는 것을 알게 되었다. 이 반추 증상은 우울증과 관련 있다는 것도 알게 되었다. 그리고 이 증상이 발현됐을 때 생각나는 것을 억지로 끊어내려고 하면 더 생각나기 때문에 이때는 생각나는 것을 스스로 인정해 주라고 배웠다. '생각이 또 나는구나…. 괜찮아…. 내가 여태까지 너무 힘든 일이 많아서 이런 생각이 나는구나…. 괜찮아. 계속 생각나는구나…. 괜찮아.' 이렇게 스스로 받아들이고 위로해 주면 어느 순간 반추 증상은 많이 호전된다고 했다.

물론 단시간 안에 이 증상이 완화되는 것은 아니지만, 여유를 가지고 해 보라 해서, 의사 선생님을 믿고 반추 증상이 나타날 때마다 진료받아 온 것을 내면화시키려고 노력했다. 그리고 일 년 넘는 시간 동안 규칙적으로 진료를 받으면서 의사 선생님과 다양한 상담 치료를 진행했다.

치료를 통해 어린 시절의 아픔부터 천천히 나의 마음을 만져 주게 되었다. 그 결과 정확하게 언제부터 괜찮아졌는지 알 수 없지만, 놀랍게도 반추 증상이 점점 사라지는 것을 느낄 수 있었다.

타지 생활

    내 고향 대구에서 지금 살고 있는 도시까지의 거리는 300km가 넘는다. 임용고시 이전에는 내가 지금 사는 도시에 여행차 딱 한 번 와 본 게 전부였다. 연고도 없고, 아는 사람도 한 명 없는 이곳에 임용고시 내 과목 티오 하나만 보고 시험을 치러 왔고, 합격 후 지금까지 계속 살고 있다. 이 도시에서 살게 된 첫해에는 모든 것이 다 낯설었다. 그중 제일 낯설게 느껴진 건 말투였다. 나를 제외한 거의 모든 사람은 TV에서만 듣던 서울말을 했기에 그 말만 듣고 있어도 귀가 호강하는 것 같았다. 그러면서 자연스레 나의 이상형 목록에 서울말 쓰는 것도 추가되었다.

발령받은 도시에서 생활한 지 몇 달 지나서부터는 동호회 어플로 사람들도 만나봤다. 그런데 사람들을 만나는 건 그때뿐이었다. 동호회 사람들을 만나러 가서는 재미있게 시간을 보내지만, 막상 헤어지고 집에 돌아오면 허무함이 커지면서 동호회 활동을 하는 게 어느 순간 무의미하게 느껴졌다.

학교에서는 몇 명의 마음 맞는 선생님들과 친하게 지내긴 했지만, 이 또한 학교에서 근무하는 시간에만 하하호호할 뿐이지, 퇴근 후나 주말에는 적막함만 감돌 뿐이었다. 그래도 한편으로는 본가로부터 첫 독립생활이기에 엄마의 잔소리에서 벗어난 것, 모든 것으로부터 자유로움은 꽤 흥미 있었다. 이런 시간이 지속되다 보니 자연스레 혼자 있는 것에 익숙해져 갔다.

그러다 또 하루가 밝았고, 평소와 다름없이 출근 준비를 해야 하는 아침이 되었다. 그런데 몸이 움직여지지 않았다. 아무리 몸을 일으켜보려고 발버둥 쳐봐도 꿈쩍하지 않았다. 결국 그날 출근하는 걸 포기하고, 내 몸에서 유일하게 움직일 수 있었던 손가락으로 전화를 걸었다. 당시 학교에서 친하게 지내던 선생님한테 이른 시간이었지만 전화를 걸었는데, 다행히 그 선생님은 전화를 바로 받아주었다. 그 선생님의 "여보세요"라는 목소리를 듣자마자, 혼자서 참아왔던 두려움이 눈물로 터져버렸다. 그리고 울면서 말했다. "언니, 저 지금 누워있는데 아무리 일어나려고 해도 몸이 안 움직여요. 그래서 오늘은 도저히 출근 못 할 것 같아요. 학교 출근하시면 언니가 제 상황 좀 대신 말씀해 주세요. 부탁드릴게요"라고 말하자 그 선생님은 나를 굉장히 걱정하면서 119에 먼저 전화하라고 했다.

그 선생님과의 전화를 끊고, 119에 전화해서 상황을 알렸다. 곧이어 구급 대원이 집으로 왔고, 다행히 시간이 지나면서 점점 조금씩 움직일 수 있게 되어 현관문은 겨우 열어 줄 수 있었다. 물론 걷지 못하고 기어서 갔지만, 그래도 아침에 막 잠에서 깨어났을 때보다는 몸을 움직일 수 있는 범위가 조금 더 커졌다.

구급차를 타고 인근 병원 응급실로 갔다. 응급실 의사한테 증상을 말하자 의사는 나에게 평소 복용하는 약을 물어봤고, 나는 다발성경화증으로 자가 주사를 맞고 있다고 말했다. 그러자 의사는 내 몸의 마비 증상에 대해서 정확한 원인은 알 수 없으나, 조금만 움직이려 해도 아파서 못 움직이는 걸 보니 몸 전체 근육이 경직된 것으로 보인다며 일단 근육이완제를 링거로 맞아보자고 했다. 링거를 맞고 나서부터 몸이 다행히 조금씩 풀리게 되었고, 병원에 도착한 지 두 시간쯤 지나면서부터는 조금씩 걸을 수 있게 되었다.

다음날, 내 몸은 거짓말처럼 많이 호전되었다. 목을 좌우로 돌리는 건 아직 무리였지만, 일상생활에 큰 지장은 없었다. 이후 다발성경화증 진료를 받는 국립암센터에 가서 주치의 선생님에게 이런 증상들에 대해 말하자, 다발성경화증 재발 증상이었으면 24시간 이상 그 증상이 지속되어야 하는데 내가 겪었던 증상은 시간이 지날수록 몸이 괜찮아졌고, 24시간 이상 그 증상이 지속되지 않았으므로 다행히 다발성경화증 재발은 아니라고 했다. 그리고 내가 그 무렵 스트레스를 많이 받아서 일시적으로 그런 증상이 있지 않았을까 정도로만 예측된다고 했다. 재발이 아니라서 다행이라 생각하게 됐지만, 당시에는 참 아찔했다. 인생 살면서 별일을 다 겪는구나 싶기도 했다.

혼자라서 외롭거나 따분한 것보다, 혼자 있는데 심하게 아프게 될까 봐 걱정스럽긴 하다. 그래도 막상 닥치니까 어떻게 또 해결이 되는 걸 경험하니 앞으로의 삶도 그다지 큰 걱정은 없다. 그저 오늘 하루를 성실히 잘 살아가게 되면 그게 지나고서는 어제가 되고, 앞으로 다가올 내일이 되지 않을까 싶다. 갑자기 몸이 안 움직였던 시간을 겪으면서부터 나는 학교로 출근할 때마다 항상 오늘이 어쩌면 나의 마지막 수업이 될 수도 있겠다는 생각을 한다. 그리고 퇴근하면서는 오늘도 다행히 몸에 큰 이상 없이 퇴근하는구나, 라는 생각을 하면서 교문을 나선다. 이렇게 하루를 보낼 때마다 그 순간순간이 참 소중해진다. 그래서 내가 생각해 온 이 말을 항상 가슴에 되새긴다. "어제도 내일도 아닌 오늘! 지금, 여기, 그리고 이 순간."

다발성경화증의
병변 확산

2020년 2월 설 연휴까지 대구에 있었고, 설 연휴 이후 2020학년도 1학기를 준비하기 위해 학교에 출근한 첫날 안전 안내 문자를 한 통 받게 되었다. "최근 며칠 동안 대구에 있었던 사람은 코로나19 밀접 접촉자일 가능성이 있으므로…(이후 생략)." 처음 문자를 받았을 때는 이게 도대체 뭔가 싶었다. 그다음 날은 사태가 더 심각하게 흘러가는 것 같았다. 코로나19…. 다발성경화증처럼 병명으로는 처음 듣는 단어였다. 이 삼 음절밖에 안 되는 단어가 전 세계를 몇 년 동안 혼란 속에 빠트리게 될 줄은 그때까지만 해도 생각지 못했다. 그리고 우리나라의 모든 유·초·중·고·

대학교 또한 1학기 입학식과 개학을 앞두고 혼란의 연속이었으며, 나도 중등 교사로서 혼란의 소용돌이 속에 빠지게 되었다.

2020년 중학교 1학년 담임교사로 배정받게 되었다. 담임교사는 3월 개학하기 전, 2월부터 1년 동안 함께 할 담임 학급의 학생 명단과 사진 등을 파악하게 된다. 하지만, 여느 때와는 다르게 2020년 2월 말부터는 학교로 학부모님들의 문의 전화가 하루에도 수십 통씩 왔다. 코로나가 기승을 부리는데 학교는 예정대로 3월 2일 개학을 하는 거냐, 만약 코로나 확진자와 접촉을 한 학생이 우리 아이와 같은 반에 있게 되면 어떻게 할 거냐 등등의 민원 전화가 계속 왔지만, 당시 우리나라의 어느 학교도 이 질문에 명확한 대답을 하지 못했을 것이다. 학교도 교사도 학부모님과 똑같이 뉴스 보도를 통해서 정보를 알게 되었기 때문이다.

그렇게 하루하루가 급박하게 돌아가는 상황 속에서 3월이 왔고, 학교와 교사들은 매일 뉴스만 틀어놓는 것밖에는 다른 수가 없었다. 그리고 뉴스 브리핑을 통해서 알게 된 사실은 3월 2일 개학을 일주일 미룬다는 것이었다.

이렇게 뉴스 보도가 나오면, 학교와 교사들은 그때부터 일주일 뒤에 어떻게 할 것인지를 논의하는 시스템이었다. 어쩔 수 없었다. 그 누구도 이런 상황을 예측할 수 없었을 테니까 말이다.

우여곡절 끝에 코로나 첫해에 늦은 개학을 하게 되었고, 2020학년도가 시작되었다. 시간이 갈수록 코로나는 잦아들지 않고 오히려 더욱 확산되어 한 번도 해 본 적 없는 원격수업을 진행해야 했다. 일주일씩 돌아가면서 학년별로 등교해야 해서, 담임이긴 해도 내 학급 학생들을 2주 뒤에야 다시 볼 수 있었다. 이렇게 학교에 오는 날이 적어지면 자연스레 학교폭력도 줄어들 줄 알았는데, 오히려 학교에 못 오니 사이버 폭력 등으로 더 늘어났다. 내가 담임을 맡게 된 반도 학교폭력에서 벗어날 순 없었다.

요즘은 학교폭력으로 신고 접수가 되면 '학교장 종결'로 끝나지 않고, 해당 학교가 속한 교육지원청에서 학교폭력을 종결하게 된다. 그래서 학교폭력 관련 학생들은 관할 교육지원청으로 몇 번 방문해야 할 수도 있다. 내가 담임 맡은 반의 학교폭력에 대한 교육지원청 심의 결과는 '서면 사과'였다. 이렇게 학교폭력이 대외적으로는 일단락되는 듯했지만, 이후에도 여러 일들을 겪으면서 점점 지쳐갔다.

2020년 초겨울이었던 어느 날, 코로나라는 세계적인 악재와 학교 일로 지쳐 있어도 나는 다발성경화증의 병변 상태를 확인하기 위해 뇌 MRI 검사를 하러 병원에 갔다. 병의 특성상 정기적으로 병원에 가서 피검사와 뇌 MRI 검사를 진행해야 하기 때문이다. 그런데 여태까지 찍어왔던 MRI 결과와 비교했을 때 2020년 초겨울에 찍은 MRI에서는 병변의 개수와 크기가 더 증가했다는 말을 듣게 되었다. 다발성경화증을 진단받은 지 5년 동안 괜찮았는데, 이렇게 한순간에 안 좋아졌다는 말을 듣게 될 줄은 생각지 못했다.

국립암센터 주치의 선생님은 나의 MRI 결과에 대해 지난 5년 동안 맞아왔던 주사약을 이제는 변경해야 할지 고민이 된다고 했다. 다발성경화증의 약은 함부로 바꿀 수 없는 약이고, 한번 복용하게 되면 몇 달 동안 약이 몸에 잘 적응하는지 지켜봐야 한다. 혹시 몸이 약을 거부하면 다른 약으로 또다시 변경해야 하는데 이 과정이 결코 일반 감기약 바꾸듯이 쉬운 것이 아니다. 그래서 나와 주치의 선생님은 진료실에서 고민하게 되었다. 그러다 주치의 선생님은 결정한 듯 말을 이어갔다.

항상 모범적이고 공부도 잘하는 학생이 시험에서 한 번 성적이 좋지 않게 나왔다 해서 그 학생이 여태까지 보여왔던 모든 것이 안 좋아지는 게 아닌 것처럼, 내가 5년 동안 이 약으로 병변을 잘 유지해 왔는데 이번에 검사 결과가 좋지 않다 해서 5년 동안의 치료 과정이 다 안 좋았던 게 아닌 것 같다, 그래서 지난 5년의 결과를 한 번만 더 믿어보고 6개월 뒤 MRI 검사에서 괜찮게 나오면 계속 이 약을 써 보자, 하지만 만약 6개월 뒤 MRI 결과에서도 오늘처럼 좋지 않다면 그땐 약을 바로 변경하는 걸로 하자, 는 내용이었다. 나는 주치의 선생님의 말에 동의하고 5년 동안 맞아왔던 주사약을 평소처럼 받아 오긴 했지만, 그 어느 때보다도 그날은 마음이 무거웠다.

2020년을 코로나라는 악재 속에서 보내와서 그런 건지, 일하면서 신경을 많이 써서 그런 건지, 아니면 타지에서 나도 모르게 스트레스를 많이 받아서 그런 건지, 내 머릿속 다발성경화증의 염증이 증가한 것에 대해 명확하게 하나의 이유를 찾을 순 없었다.

성찰의 과정

2021년에도 코로나는 여전히 기승을 부렸다. 하지만, 코로나와 별개로 2021년에는 삶에 대해서 성찰해 볼 수 있는 시간을 마련하고 싶었다. 그래서 시간이 날 때마다 여행을 다녔다. 코로나 때문에 제약이 따르긴 했지만, 개인 방역을 준수했기에 코로나에 감염되진 않았다.

첫 번째 여행지는 강화도였다. 수도권에서 강화도는 대구에서 강화도까지 가는 것보다 가까운데도 그때까지 한 번도 못 가봤었다. 그래서 강화도를 시작으로 한 번도 못 가본 곳을 2021년 안에 꼭 가보고 싶었다. 강화도 다음 코스는 천안 독립기념관이었다. 그리고 에버랜드, 서울 전

쟁기념관, 해남 땅끝마을, 순천, 목포, 사천, 하동, 남해, 합천, 흑산도, 홍도 등을 둘러봤다. 이왕 여행 가는 거 우리나라의 최북단, 최서단, 최남단, 최동단도 찍어보고 싶어서 이것도 실행에 옮겨봤다.

최북단인 강원도 고성 통일전망타워, 최남단인 제주 마라도, 최서단인 백령도, 최동단인 독도 이렇게 동서남북을 누볐다. 독도는 날씨 때문에 입도할 수 있는 날이 일 년에 60일 정도밖에 안 된다는 말은 익히 들어서 알고 있었다. 그래서 독도에 가는 날 입도를 못 해도 어쩔 수 없다고 생각했는데, 감사하게도 독도에 처음 가는 날 입도에 성공하게 되었다. 독도로 가는 배에서 다른 사람들 말을 들어보니, 어떤 사람은 그날 독도 가는 배에 여섯 번째로 탔는데 지난 다섯 번을 입도하지 못했다는 말을 들었다. 더욱 감사하게 느껴졌다.

여행을 다니다 보니 어릴 때부터 여태까지 집-학교 이렇게만 다녔다는 생각에 아쉬움이 강하게 들었다. 그래서 마음속으로 항상 하고 싶다고만 생각해 왔던 것들을 하나씩 해나갔다. 대학교 다닐 때부터 타 보고 싶었던 패러글라이딩을 시작으로 짚라인, 실탄사격, 번지점프, 레일바이크 등을 경험해 보게 되었다. 하나씩 할 때마다 '더 일찍 해 볼걸…' 이런 후회가 들기도 했지만, 더 늦기 전에 할 수 있게 된 것에 감사했다.

시간이 날 때마다 여행하고, 해 보고 싶었던 것들을 하게 되면서 삶에 대해서 다시 생각해 보고 성찰해 보게 되었는데, 문득 이런 생각도 들었다. '나는 교사라는 직업을 앞으로 얼마나 더 할 수 있을까, 정년퇴직까지는 바라지도 않고 50살까지라도 내가 교사 생활을 할 수 있을까?'라는 생각에서 자연스레 '내가 50살이 되었을 때도 지금처럼 걸을 수 있을까? 앞을 볼 순 있을까?'라는 생각도 들었다.

하지만 이런 생각에 오래 머물러 있진 않았다. 그런 생각을 할 시간에 지금 이 순간을 더 의미 있게 보내려고 노력했다. 여행을 가고 하고 싶었던 것들을 하나씩 해 볼 때마다 아무것도 몰랐던 미취학 아동이었을 때와 같은 해맑음이 나의 표정에서 드러났다. 그리고 원래 참 밝은 사람이었는데, 세상을 살아가면서 본연의 밝음을 많이 잃어갔음을 깨닫게 되었다.

다시 나다움을 찾고 싶어졌다. 한번 사는 인생인데 좀 더 재미있게 좀 더 웃으면서 좀 더 밝게 살아보고 싶어졌다. 그래서 2022년의 첫 출근날에는 달라진 모습을 보여주고 싶었다. 새로운 나로 다시 서고 싶었다.

학교는 매년 3월이 참 바쁜 달이고, 나도 3월마다 보름이상을 밤 9시 이후에 퇴근할 만큼 바빴지만, 2022년 3월의 나는 조금 더 긍정적으로 생각하려고 노력했고, 밝게 웃으려고 노력했다. 그런 노력이 통한 건지 어느 순간부터누가 봐도, 내가 자신을 봐도 밝게 보이면서 어느덧 교무실의 분위기 메이커로서 생활할 수 있게 되었다.

두 번째 학교

내가 근무하고 있는 지역의 공립 중등 교사의 만기 내신(전근) 기간은 5년이다. 나는 첫 학교에서의 마지막 5년 차 겨울에 전근 갈 다른 학교를 알아봤다. 교육청에서 나온 관내(내가 근무하는 지역에서 내가 속한 학교의 지원청 內) 내신(전근) 과목에 따른 인원수를 확인하고 내 과목이 뜬 학교를 추려보니, 갈 수 있는 학교는 많지 않았다. 내신 신청서에 1지망부터 3지망까지 가고 싶은 학교를 쓰면 되는데, 반드시 내가 쓴 학교로 배정되지는 않는다. 만약 나보다 연차가 더 높은 선생님이 내신 신청서에 내가 쓴 학교랑 같은 곳을 쓴다면 밀려나서 다른 학교로 배정이 된다.

이런 상황에서 나는 상대적으로 인기가 많은 여중으로 1지망을 써서 신청서를 제출했다. 그러자 내신 담당인 교감 선생님이 나를 불렀다.

교감 선생님: 선생님 신청서를 보니까 1지망으로 여중을 썼던데, 선생님 연차에서 여중으로 가는 거 쉽지 않을 거예요. 만약에 다른 학교 선생님 중에서 선생님보다 연차가 높은 분들이 이 여중으로 쓰게 되면 선생님은 이 여중으로 못 갈뿐더러, 밀려나게 돼서 아마 다른 사람들이 안 가고 싶어하는 힘든 학교로 발령받게 될 확률이 있어요. 지금 이 학교도 너무 힘들었는데, 다른 학교는 좀 덜 힘든 데 갔으면 좋겠는데…. 그렇다고 여중은 선생님 연차에서는 밀릴 거 같고…. 적당한 학교로 1지망 다시 써 보는 거 어때요?

나: 교감 선생님, 이렇게 신경 써 주셔서 너무 감사합니다. 그런데 제가 다른 학교

선생님들한테 밀릴까 봐 걱정돼서 1지망을 수정하게 되면, 제가 나중에 너무 후회할 거 같아요. 그래서 혹시 여중으로 발령 못 받는다 해도 일단 제가 가고 싶은 곳으로 1지망 써서 신청서 제출하고 싶어요.

교감 선생님: 그래, 후회하는 것보다는 원하는 대로 쓰는 게 좋지. 그럼 이대로 교육청에 제출할 테니까 행운을 바라봐요, 우리.

나:　네. 교감 선생님, 감사합니다.

2022년의 겨울은 이렇게 내신 신청으로 분주했고, 2023년 2월 전교사 출근일이 다가왔다. 그날 교감 선생님은 교육청으로 가서 2023년 학교 발령 서류를 받아 왔다. 내신을 신청한 선생님들은 나를 포함해서 다들 1지망으로 쓴 학교로 되었기를 바라며 교감 선생님의 발표에 귀 기울였다. 그리고 교감 선생님은 나를 안아주며(여자 교감 선생님) "모진영 선생님, 1지망으로 쓴 여중으로 발령 났어!"라고 말하며 나보다 더 기뻐했다. 교무실의 다른 선생님들도 나한테 잘되었다며 다들 축하해 주었다.

2023년 2월 마지막 주부터 새로 발령받은 학교로 출근했고, 지금도 이 학교에서 근무하고 있다. 첫 학교에서 다양한 경험을 하면서 초석을 쌓아갈 수 있어서 좋긴 했지만, 그만큼 근무하면서 힘듦도 많이 따라왔었다. 지금은 너무도 원했던 여중에서 근무하면서 물론 힘들 때가 있긴 하지만, 그 어느 때보다도 학생들과 있는 시간이 재미있고 행복하다. 그리고 교무실에서 같이 근무하는 선생님들도 다들 너무 좋아서 '내가 이렇게 좋은 시간을 보내도 괜찮은 건가? 늘 좋은 시간만 있는 건 아닐 텐데, 앞으로 또 어떤 험난한 여정이 찾아오길래 지금 이렇게 좋은 건가?'라는 걱정이 미리 들 때도 간혹 있다. 하지만 그런 걱정이 들 때마다 매일 퇴근길에 마음속으로 외쳤던 말을 또다시 외쳐본다.

"어제도 내일도 아닌 오늘! 지금, 여기, 그리고 이 순간."

◆

원수가 이렇게나
가까이 있을 줄이야

　학교에서 근무하다가 방학이 오면 잠시 고향인 대구로 내려가 있게 된다. 지금으로부터 5년 전 그날도 방학이라서 대구 본가의 내 방에 있었다. 그때 주방에는 정수기 필터를 교체하는 사람이 방문해 있었고, 엄마랑 그 사람은 같이 꽤 오랜 시간 이야기를 주고받는 것 같았지만 나는 그다지 신경 쓰지 않았다. 그러다 엄마가 나한테 나와보라고 해서 거실로 나갔다.

　여전히 주방에서는 정수기 필터를 교체하는 가운데, 엄마가 나한테 말했다.

엄마: 진영아, 지금 정수기 필터 교체하는 총각이 알고 보니까 너랑 동갑이야. 이 총각이 아빠 공장에 있는 정수기도 필터 교체하러 와서 엄마랑 예전부터 이야기를 좀 했는데, 여태까지 이 총각이 살아온 동네가 우리랑 비슷해. 그래서 엄마가 조금 전에 어느 학교 나왔냐고 물어보니까 너랑 같은 초등학교 나온 거야. 그럼 너도 알 것 같아서 나와보라고 했어. 동창이잖아.

나: 그래?

그: 혹시 ○○ 초등학교 몇 반이었어요?

엄마: 동창끼리 무슨 존대를 해요? 그냥 편하게 말하면 되지.

그: 사모님 그렇죠? 너 몇 반이었어?

나: 나 6학년 때 2반이었는데.

엄마: 총각 필터 교체 다 했으면 거실에 앉아서 같이 이야기해 봐. 과일 좀 줄게요.

그: 감사합니다.

그: 나도 6학년 2반이었는데 그럼 ○○○선생님

이 담임 선생님이었지?

나: 응, 맞아.

엄마: 같이 과일 먹으면서 이야기해요.

그: 우와, 반갑다. 너 지금 뭐 해?

나: 나 지금 중학교에서 애들 가르쳐.

그: 어디서?

나: 수도권에서.

그: 정말? 그럼 정교사야? 그 힘들다고 하는 임용 고시 합격해서?

나: 응. 임용고시 합격했고 수도권에 있는 중학교 발령받아서 일하고 있어.

그: 근데 오늘 평일인데 어떻게 대구에 있는 거야?

나: 방학이라서 잠시 대구 왔어.

그: 아, 그렇구나. 너무 잘됐네. 근데 나는 너를 잘 모르겠어. 기억이 안 나.

나: 네가 나를 모르면 안 될 텐데. 나는 너 이름 들으니까 기억이 나는데.

그: 그래? 기억해 줘서 고맙네.

나: 당연히 기억나지. 6학년 때 같은 반 애들 대부
        분이 내 몸 불편하다고 나 괴롭히고, 불편한
        거 따라 하면서 놀리고, 내가 지들 쳐다봤다
        고 때리고, 지들 물건에 내 옷이 닿았다고 때
        리고, 그냥 가만히 있어도 발로 차고 때렸는
        데. 그것도 1년 동안 계속. 그런데 나를 괴롭혔
        던 애들 이름을 내가 기억 못 하면 안 되지.

웃으면서 말했지만, 그 순간 내 마음은 분노와 다시 대
면하게 된 벅참이 뒤섞여 타들어 갈 듯이 뜨거웠다. 하지
만 이런 내 마음을 내색하지 않고 계속 웃으며 엄마가 가
져다 준 과일을 아주 질근질근 씹어 먹으면서 말했었다.
그때 엄마도 옆에 같이 있었다. 그는 내 말을 듣는 순간 과
일을 집으려고 들었던 포크를 다시 내려놓고 표정이 상기
되기 시작했다.

그: 그렇구나….

그는 그렇게 짧게 한마디 하더니 갑자기 자리에서 일

어섰다.

그: 사모님 저 이만 가 봐야 될 것 같습니다. 과일
　　　　　잘 먹었습니다.

엄마: 과일 좀 더 먹고 가지.

그: 아닙니다. 괜찮습니다. 안녕히 계세요. 진영아
　　　　　나 갈게.

나: 응. 잘 가.

그 사람이 가고 나서 엄마가 쟤도 너를 괴롭힌 애였냐
고 물어서, 그렇다고 대답했다. 그러다 몇 분 후에 집 초인
종이 울려 엄마가 문을 열어보니 다시 그 사람이었다.

그: 사모님, 제 차 트렁크에 생수가 있어서 이거
　　　　　한 박스 드리려고요.

엄마: 아니에요. 이걸 왜 줘요?

그: 이거 500ml라서 나가실 때 하나씩 가지고 가
　　　　　시면 좋을 것 같아서요. 부담 갖지 마세요.

엄마: 아니, 이것도 총각이 돈 주고 사는 거잖아. 돈

줄게요, 이거 얼마예요?

그: 진짜 괜찮아요. 그냥 편하게 생각해 주세요.

엄마: 알겠어요. 그럼, 고맙게 잘 마실게요.

그 사람이 놓고 간 생수 박스를 물끄러미 바라보다 이런 생각이 들었다. '왜? 미안하면 미안하다고 말하면 안 되냐? 그땐 나도 어려서, 어렸다는 걸로 변명이 될 순 없겠지만, 정말 미안했어. 지금이라도 사과할게. 미안해 진영아, 라고 말하면 안 되는 거였냐? 넌 그저 물 뒤로 숨어 버린 거네….'

이후 엄마한테 그 사람의 소식을 전해 듣게 되었다. 아빠 공장에 정수기 필터 교체하러 오는 사람이 바뀌어서 엄마가 전에 하던 총각은 어디 갔냐고 물으니 이 일을 그만뒀다고 정수기 필터 교체하러 온 새로운 사람에게 전해 들었다고. 내가 먼저 물어본 건 아니었지만, 그 말을 들으면서 '언제 또 너를 보게 될 줄은 모르겠지만, 평생 미안해하면서 살아'라는 생각이 들었고, 기분이 썩 유쾌하진 않았다.

〈선생님의 부탁, 그리고 한 통의 편지〉

나:　　　여러분, 잠시 선생님 이야기를 해도 될까요?

학생들: 선생님 첫사랑이요?

나:　　　아니, 말 그대로 선생님 이야기.

이때부터 학생들은 그 어느 수업 시간보다 더 조용하고 엄숙한 자세로 나의 이야기를 경청할 준비를 하고 있었다.

　시간을 거슬러 올라가 나의 학창 시절을 생각해 보면, 그때는 통합교육이라는 게 시행되기 전이었다. 학교에 특수학급이 전혀 존재하지 않았던 시절이었고, 장애인에 대한 인식이 지금보다도 현저히 좋지 않은 시절이었던 것으로 생각된다. 그래서 어찌 보면 지금의 장애 학생보다 수십 년 전의 나는 더 힘든 교육여건을 겪어 왔을 수도 있겠다는 생각을 해 보게 된다.

나는 아주 어렸을 때 고열로 인해 뇌성마비 장애가 왔고, 그로 인해 왼쪽 몸 전체가 마비된 채로 성장하게 되었다. 그래서 나는 초·중·고등학생시절 한 학년씩 올라갈 때마다 3월 초에는 항상 긴장 아닌 긴장을 하게 되었다. 왜냐하면, 초등학교 6학년 때까지 엄마가 매년 3월 초에 학교로 오셔서 담임 선생님과 이야기를 하셨으니까….

엄마: 우리 진영이가 몸이 많이 불편해요. 어릴 때 왼쪽 몸에 마비가 와서 초등학교 입학 전까지 재활치료랑 물리치료를 쭉 받아왔지만, 그래도 아직 몸이 많이 불편해요. 인지능력에는 아무 이상이 없는데, 체육 수업 할 때랑 활동적인 걸 할 때 불편한 모습이 보이더라도 잘 부탁드릴게요. 그리고 다른 친구들과도 잘 지낼 수 있도록 부탁드릴게요.

엄마의 저 말이 이십여 년 전의 어렸던 나는 왜 그리 싫었을까….

초·중·고등학생시절의 나는 다른 사람들과 똑같이 행동한다고 생각했는데도, 다른 사람들이 나를 볼 때는 그들과 내가 다른 모습이라는 것을 나 스스로 수용하기 어려웠다. 그때의 나는 그것을 수용하게 되면, 같은 반 아이들이 나의 장애를 빌미 삼아 나를 때리고 싫어하는 것을 나 스스로도 그냥 포기하고 인정할 것만 같아서… 그럼 정말 내 주위에는 아무도 없을 것만 같은 두려움이 엄습해 왔기 때문이었다. 그런데, 시간이 지나 고등학생이 된 나는 다른 사람들의 몸과 내 몸이 다르다는 것을 스스로 수용하고 싶어지기도 했다. 그리고 결코 다른 사람들과 내가 다르다는 것이 못난 게 아니라, 사람의 생김새가 다른 것과 같은 맥락이라고 생각하고 싶어졌다. 하지만, 그때까지만 해도 수용하고 싶은 나와 수용하기 싫은 나, 이렇게 두 개의 생각이 서로 경쟁이라도 하듯 엎치락뒤치락했고, 내면의 갈등을 끊임없이 해 오면서 한편으로는 점점 지쳐가기도 했다.

그러다 시간이 지나서 성인이 된 이후부터는 나의 장

애를 좀 다르게 생각해 볼 수 있게 되었다. 어렸을 때는 신도 부모님도 다 원망스러웠는데, 어느 순간부터 '이게 뭐 어때서?'라는 배짱이 조금씩 생겨난 것이다.

'이게 뭐 어때서? 불편하니까 다른 사람과 똑같은 결과를 얻기 위해 나는 늘 다른 사람들보다 몇 배 더 시간과 노력을 들여야 했고, 그렇게 해 왔기 때문에 나는 열심히 하는 습관을 가지게 됐잖아. 내가 만약 불편하지 않았더라면, 지금의 나처럼 이렇게 열심히 할 수 있었을까?' 이런 생각을 필두로 나의 불편함을 알려야 하는 상황이 생기게 될 때면 "저 사실 뇌성마비 장애가 있어서 왼쪽 몸이 불편해요. 어렸을 땐 잘 걷지도 못할 만큼 많이 불편했는데, 시간이 지나면서 점점 몸이 좋아져서 지금의 모습까지 오게 되었어요. 그래도 아직 좀 불편한 점이 있어서 다른 사람들보다 시간이 좀 더 오래 걸릴 수도 있지만, 그래도 정말 최선을 다 해서 잘해 보겠습니다"라고 알릴 수 있게 되었다.

대학교를 졸업하고, 나는 초등학교 방과후수업을 통해서 요즘에는 학교에서 장애학생과 비장애학생이 함께 수업받는 통합교육을 한다는 사실을 알게 되었다. 내가 방과후수업을 했던 초등학교에 특수교사와 특수학급이 있었기 때문이다. 그러다 어느 날 내 수업에 휠체어를 탄 학생과 그 어머니가 찾아오셔서 "우리 아이도 선생님 수업에 참여할 수 있을까요?"라는 말씀을 하셨다. 그 순간 '우리 엄마도 이러셨는데…'라는 생각이 들다가 바로 대답했다. "네. 어머니 당연하죠. 학생이 불편하지 않도록 제가 더 신경 쓰겠습니다."

처음에는 장애 학생이 내 수업에 참여할 때 비장애 학생들 중 짓궂은 학생들은 장애 학생을 놀리기도 했고, 가까이 가지 않으려 하는 모습을 보이기도 했다. 하지만, 나는 그럴 때마다 비장애 학생들을 강압적으로 혼내기보다는, 조용히 따로 불러서 대화를 시도했다.

나: 아프고 싶어서 아픈 사람은 아무도 없어. 그리고 너랑 선생님이 서로 생긴 게 다르듯이 장애를 가진 사람은 너랑 다른 것이지, 못난 게 아니야. 너 감기 걸렸을 때 아파? 안 아파?

학생: 아파요.

나: 그럼 불편해? 안 불편해?

학생: 불편해요.

나: 그렇게 네가 아프고 불편할 때 옆에 친구가 너 콧물 흘리는 거 기침하는 거 따라 하면서 웃으면 기분 좋겠어?

학생: 기분 나쁠 것 같아요.

나: 그래, 기분 나쁘겠지? 그럼 저 친구는 네가 놀릴 때 어떨 거 같아? 기분 좋겠어?

학생: 아니요.

나: 그럼 네가 앞으로 어떻게 해야 될 것 같아? 지금처럼 계속 그렇게 할 거야?

학생: 아니요, 앞으로는 안 놀리고 잘 지낼게요. 잘못했어요.

이런 대화를 한 이후부터 장애 학생을 놀려대던 비장애 학생은 조금씩 마음의 문을 열고 장애 학생에게 다가가 먼저 말을 걸면서 도와주는 모습을 볼 수 있게 되었다.

현재 나는 중학교 교사로서 교단에 서고 있다. 그리고 내가 발령받은 학교에도 특수교사와 특수학급이 있고, 장애학생과 비장애학생이 같은 교실에서 수업받는 통합학급이 있다. 그리고 몇 달 전, 장애 학생이 내 수업 시간에 배운 노래를 조용한 교실에서 크게 노래하는 모습을 보면서 그 학생에게 나는 말을 걸었다.

나: ○○아 아까 불렀던 거 뭐야? 무슨 노래야?

학생: 네아나자

나: 넬라판타지아? ○○이 잘 기억하고 있네.

이때 그 학생의 대답을 듣고 교실에서 비아냥거리는 등의 행동을 하는 학생은 아무도 없었다. 나와 너의 다름을 있는 그대로 인정하는 것이었다. 나는 그 수업을 하고 내 자리로 돌아와서 참 많은 생각이 들었다. '바뀌고 있구나…. 다행이다.' 이 생각과 함께 또 다른 생각이 들었다. '내가 수업 시간에 잠시 가르쳤던 노래 〈꿈꾸지 않으면〉을 수화로 해보면 어떨까?' 그렇게 수업해 본다면, 청각장애인에 대한 비장애 학생들의 인식이 좀 더 좋게 고취될 수도 있을 것 같고, 더 나아가 장애인을 다시 한번 생각할 수 있는 계기가 될 수도 있겠다는 생각이 들었다. 그래서 나의 생각을 같은 학교 특수교사에게 전달하면서 내 수업 시간에 〈꿈꾸지 않으면〉 노래를 학생들에게 수화로 알려 주실 수 있는지 여쭤봤고, 특수교사는 흔쾌히 나의 제안을 수락해 주셨다.

수화 수업을 시작하면서 우리 학교에 특수 선생님과 특수학급이 있다는 것을 통합학급에 속하지 않은 비장애 학생들에게 알려주게 되었고, 놀라운 사실은 학생들 중 우리 학교에 특수학급과 특수교사가 있다는 것을 아는 학생은 몇 명 되지 않았다. 이로 인해 수화 수업을 하면서 많은 학생들이 우리 학교에 특수학급과 특수교사가 있다는 사실을 알게 되었고, 그 이후부터 특수학급 교실에는 수화 수업을 받았던 학생들이 자주 모습을 비추고 있다는 말을 특수교사로부터 전해 듣게 되었다. 한 시간의 수업을 통해서라도 비장애 학생들이 특수학급 교실을 이전보다 가까이할 수 있고, 자연스레 특수학급에 있는 장애 학생과 대화하고 함께 웃는 모습을 볼 수 있게 된 것이었다. 그러다 얼마 전, 한 학급의 수업 시간에 나는 이렇게 이야기했다.

나:　　여러분, 잠시 선생님 이야기를 해도 될까요?

학생들: 선생님 첫사랑이요?

나: 아니, 말 그대로 선생님 이야기. 선생님은 여러분들이 참 부러워요.

학생들: 네? 뭐가요?

나: 여러분들은 선생님이 가지지 못한 것을 가졌으니까.

학생들: 저희가 어린 거요? 교복 입는 거요?

나: 아니, 여러분들한테 부러운 게 뭐냐면 바로 건강입니다. 여러분들 중에서 이미 눈치챈 학생들도 있겠지만, 선생님은 몸이 좀 불편하거든. 선생님이 어릴 때 심하게 아팠는데, 그 이후부터 왼쪽 몸에 마비가 와서 왼쪽 몸으로 아무것도 할 수가 없었어. 자연히 걷는 것도 잘 못 걷고 말도 잘 못 했어. 그런데, 정말 열심히 재활치료 물리치료받고 20년 넘게 말하고 걷는 걸 나 혼자 습관적으로 연습해 오면서 지금 여러분들이 보는 선생님의 모습이 되었어.

그런데, 사람이 이제 좀 남들 사는 것처럼 사는가 보다 싶을 때쯤에 갑자기 오른쪽 눈이 안 보이게 되었어. 그땐 정말 희망이 보이지 않았는데, 한편으로는 내가 지금 죽기에는 너무 억울하다는 생각이 들었어. 남들 해 보는 건 다 해보고 죽어야겠다는 그런 오기가 생겼고, 안 보이는 눈을 보이게 하기 위해서 정말 독한 약 먹으면서도 임용고시 공부를 했어.

아파서 도저히 앉아서 공부할 수 있는 몸이 안 되었기 때문에 누워서 공부했는데, 결국 합격해서 지금 여러분들을 만나고 있습니다. 그래서 정말 내가 하고 싶은 말은, 여러분들이 뭘 하든지 포기하지 않고 끝까지 해 봤으면 좋겠어요. 선생님은 몸이 불편해서 다른 사람들이 하는 것의 몇 배는 더 많은 시간이 걸렸는데, 여러분들은 걷는 연습 말하는 연습 안 해도 되잖아요. 얼마나 감사한 거니? 그러니까 여러분들, 나도 했는데 여러분들이 왜 못 합니까? 충분히 다 할 수 있습니다.

정말이에요. 포기하지 말고 끝까지 해 봤으면 좋겠어. 혹시 만약에 인생을 살다가 무언가를 포기하고 싶다는 생각이 들면 음악선생님도 했는데 나라고 왜 못 해? 할 수 있어! 라는 생각을 해 봤으면 좋겠어요. 그리고 선생님이 수업하다가 불편한 모습이 보이더라도 우리와 조금 다른 모습이 있다고 생각하면서 이해해 줬으면 좋겠고, 여태까지도 그래왔고 앞으로도 선생님이 정말 최선을 다해서 수업할게요. 마지막으로 여러분들한테 하나만 부탁해도 될까요?

학생들: 네.

나: 선생님이 여러분들처럼 학생이었던 시절에는 우리나라에서 장애에 대한 인식이 참 좋지 않았는데, 지금은 많이 나아졌다고들 하지만 선생님이 느끼기엔 여전히 차별 아닌 차별이 존재하는 것 같아요. 선생님은 엄청 많이 불편한 게 아닌데도 그런 게 느껴질 정도면 선생님보다 훨씬 더 불편한 사람들은 얼마나 많은 차별을 느끼면서 살아갈까요? 그래서 선생님이 여러분들한테 부탁 하나 하겠습니다. 여러

분들이 성인이 되면, 그때는 편견 없는 사회를
여러분들이 만들어 주십시오. 부탁합니다.

　나의 이야기가 끝나자마자 그 반에 있는 모든 학생들
이 나에게 큰 박수를 보내줬다. 박수를 받을 줄은 생각지
도 못했는데, 한 명도 빠짐없이 박수를 보내주는 학생들
을 보면서 내 마음속에서는 뭔지 모를 뜨거운 느낌이 몽
글몽글 올라왔다. 또 어떤 학생은 나의 이야기를 들으면
서 계속 울었는데, 이야기가 끝나고서도 계속 우는 그 학
생을 보면서 내 마음속 뜨거운 느낌이 더 벅차올랐고, 이
내 나의 눈에서도 눈물이 맺히기 시작했다. 나는 눈물을
흘리지 않으려고 안간힘을 쓰면서 목이 메어 떨리는 목소
리로 다시 수업을 이어 나갔다.

　그날 이후 그 학급의 한 학생이 교무실로 나에게 찾아
와서 손으로 직접 쓴 편지 한 통을 건넸다. 편지에는 '선생
님이 해 주신 말씀 덕분에 여태까지 포기하고 있었던 것
을 다시 시작할 수 있는 용기가 생기게 되었다'라는 내용
이 적혀 있었다. 편지를 읽으면서 나는 '이 학생이 내 말을
정말 귀담아 들었구나. 그리고 내가 이 학생에게 조금이라

도 도움이 되었구나'라는 생각과 함께 내가 여태까지 학생들 앞에 서서 수업해 왔던 시간들이 머릿속에서 빠르게 스쳐 지나갔다. 그리고 학생들에게 나의 이야기를 한 후에 박수를 받았을 때 내가 안간힘을 써서 참았던 눈물이 편지를 읽으면서 기어이 터지고 말았다.

이후 나에게는 한 가지 바람이 생겼다. 나의 수업 시간에 잠시 몇 분이라도 내 진심을 고스란히 담아 이야기했을 때 그 말을 들은 학생들 중 단 한 명이라도 장애인에 대한 인식이 더 좋은 방향으로 나아갈 수 있다면, 통합교육이 결코 멀리 있지 않고 우리 곁에서 함께 할 수 있음을 비장애 학생들이 조금이나마 느낄 수 있다면, 그래서 장애 학생과 비장애 학생 다 같이 행복한 학교생활을 영위할 수 있게 되는 것에 나의 이야기가 조금이나마 도움이 될 수 있기를 감히 바라본다.

나는 로또 1등에
두 번 당첨되었다

요즘 나는 그 어느 때보다 행복을 느끼고 있다. 돈이 많아서도 아니고, 건강해서도 아니고, 내 명의의 집이 있어서도 아니고, 내 명의의 차가 있어서도 아니다. 나는 돈도 많이 없고, 그다지 건강한 것도 아니고, 내 명의의 집과 차도 없다. 하지만 그저 아침에 눈을 떴을 때 내 눈에 비치는 눈 부신 햇살이 좋고, 밖에 나가서 내 발로 땅을 디딜 수 있다는 게 좋다.

아침 출근 시간이면 인도나 차도 모두 바쁘게 움직이고 있다. 그중에 나도 바쁘게 움직이면서 그 바쁜 출근 시간에도 지하철역까지 걸어가면서 눈 부신 햇살을 보면 기분이 좋아진다. 간혹 새가 지저귀는 것까지 같이 듣게 되면 더할 나위 없이 기분이 산뜻해진다.

이렇게 좋은 것을 불과 몇 년 전까지만 해도 알지 못했다. 그저 내 앞에 맞닥뜨려진 현실이 너무 괴로웠다. 이 세상이 원망스럽고 내가 살아가야 하는 이유를 끊임없이 고민하며, 거의 매일 울다시피 한 날도 많았다. 그러다 몇 년 전부터 가보지 못한 곳들을 가 보고 새로움을 경험해 보면서 조금씩 왜 살아가야 하는 건지에 대한 이유를 찾게 되었다. 그리고 어느 순간 나는 다른 사람들보다 오히려 더 행복한 사람일 수도 있겠다는 생각이 들었다.

당신이 가진 것에 감사하며 살라는 말을 흔히 들어봤을 것이다. 몇 년 전까지만 해도 이 말에 웃기지 말라며 마음속으로 비웃었다. 그런데 막상 뇌성마비 장애를 극복하려고 끊임없이 노력하고, 그런 와중에 다발성경화증이라는 희귀 난치병을 진단받게 된 이후 깨닫게 된 게 있다. 어제도 내일도 아닌, 오늘, 지금, 그리고 이 순간 내가 존재한다는 사실이다.

뇌성마비 장애로 인해 말하는 것을 연습했다. 지금은 어릴 때보다는 말하는 것이 덜 불편해서 좋다. 어릴 때는 누가 봐도 잘 못 걷고 한쪽 다리를 절면서 걸었다고 하는데 지금은 구두를 신고도 걸을 수 있어서 좋다. 어릴 때는 컵에 물이 반만 들어있어도 그걸 들고 걸으면 물을 다 쏟았는데, 지금은 매일 점심을 먹을 때 식판에 국을 반 이상 담아서 걸어가도 쏟지 않아서 좋다.

매일 점심을 먹을 때 왼손으로 식판을 들고 오른손으로 음식을 뜨는데, 식판에 음식이 있어도 그걸 왼손으로 잡고 있을 수 있기에 매일 점심을 먹기 전부터 이미 기분이 좋아진다. '내가 이제는 왼손만으로도 식판에 음식이 담긴 걸 들 수 있구나…' 물론 반찬 밥 국까지 식판에 다 담게 되면, 그때는 왼손으로만 들고 있는 식판이 버거워서 바로 두 손으로 같이 식판을 들고 식탁에 갖다 놓는다. 그럼 항상 수저는 챙기지 못하고 식판을 먼저 갖다 놓게 되지만, 상관없다. 다시 가서 수저를 가지고 오면 되니까. 나는 수저를 가지러 걸어갈 수 있으니까.

다발성경화증이라는 병은 솔직히 지금도 두려울 때가 있다. 없다고 하면 거짓말이다. 이 병과 처음에는 싸워보려고 했고, 내가 이겨보려고 했다. 그런데 이제는 굳이 싸울 필요도 없고 이길 필요도 없다고 생각하게 되었다. 이 병과 같이 살아가 보려고 한다. 자가주사를 일주일에 세 번씩 맞는다는 건 어찌 보면 성가시고 아프고 싫은 일이기도 하다. 하지만 이미 이렇게 나한테 왔고, 벌써 다발성경화증과 같이 살아온 지 햇수로 9년째이기에, 이 예민한 녀석을 어떻게 하면 더 잘 보듬어 줄 수 있을까를 생각하며 같이 살아가고 있다.

다발성경화증이라는 병을 통해서 갑자기 눈이 안 보일 수도 있고, 갑자기 못 걷게 될 수도 있다는 사실을 알게 되었다. 뇌성마비 장애로 인해 알아가게 된 것과는 또 다른 것을 알게 된 격이다. 그래서 매일 아침 햇빛이 내 눈을 부시게 하는 걸 느낄 수 있어서 좋고, 매일 아침 출근길에 지하철역까지 걸어갈 수 있다는 그 자체가 참 좋다. 매일 아침 이렇게 행복을 느끼며 하루를 시작하게 된다. 이 얼마나 감사한 일인지 다발성경화증을 확진 받고도 꽤 오랜 시간 뒤에야 깨닫게 되었다.

흔히 로또 1등에 당첨될 확률은 814만 분의 1이라고 한다. 나도 로또 복권을 꽤 많이 사 봤지만 오천 원도 당첨되지 않을 때가 부지기수였다. 하지만 나는 로또 복권 1등에 당첨되어서 몇십 억을 받는 것보다, 오히려 그 액수에 비교할 수 없을 만큼의 로또 1등에 당첨된 격이라고 생각하면서 하루하루를 살아가고 있다. 신생아 때 고열로 인해 뇌성마비 장애가 오게 된 것도 확률로는 꽤 드문 확률일 것이고, 현재는 겉모습만 바로 봐서는 장애를 잘 모르겠다는 말을 다른 사람들에게서 많이 듣게 되는데 이 또한 꽤나 드문 확률일 것이다. 거기다 이런 나에게 희귀 난치병인 다발성경화증이 온 것은 또 얼마나 드문 확률일 것인가.

로또 1등에 두 번 당첨되었다고 스스로 생각하기까지 오랜 시간이 걸렸다. 그 시간이 결코 허무하게 느껴지지 않는다. 부정하고 분노하고 부끄러워했던 모든 시간이 나에게는 참 의미 있는 과정이었다. 이 과정 덕분에 지금의 나는 행운이라 생각하며 나의 삶이 로또 1등에 두 번 당첨된 것에 비교할 수 없을 만큼 값지다는 것을 매 순간 느끼고 있다.

인생을 살아가면서 항상 좋을 수는 없지만, 항상 나쁠 수도 없다는 말처럼 하루하루 주어진 삶을 조금 더 감사하게 그리고 조금 더 행복하게 살아가고 싶다. 어제도 내일도 아닌 오늘, 지금, 여기, 이 순간 나도 그리고 여러분들도 살아있음에 감사하다 보면 현재가 어느 순간 과거로 될 것이고, 현재가 또 다른 내일이 될 것이다.

"어제도 내일도 아닌 오늘! 지금, 여기, 그리고 이 순간."

조금 아프지만 교사입니다

<u>1판 1쇄 인쇄</u> 2024년 12월 12일
<u>1판 1쇄 발행</u> 2024년 12월 19일

<u>지은이</u> 모진영
<u>펴낸이</u> 김민섭
<u>편집자</u> 이유나
<u>펴낸곳</u> 도서출판 정미소

출판등록 2018.11.6. 제2018-000297호
주소 서울특별시 마포구 성산동 218번지 402호
이메일 xmasnight@daum.net

ISBN 979-11-985182-6-2 03810